KB114099

共同
공동전인 專人

설경우 新무협 판타지 소설

FANTASTIC ORIENTAL HEROES

공동전인 5

설경구 新무협 판타지 소설

초판 1쇄 찍은 날 § 2009년 7월 3일
초판 1쇄 펴낸 날 § 2009년 7월 10일

지은이 § 설경구
펴낸이 § 서경석

편집장 § 문혜영
편집책임 § 정서진
편집 § 주소영

펴낸곳 § 도서출판 청어람
등록번호 § 제1081-1-89호
등록일자 § 1999. 5. 31
어람번호 § 제2-1774호

주소 § 경기도 부천시 원미구 심곡2동 163-2 서경B/D 3F (우) 420-822
전화 § 032-656-4452 팩스 § 032-656-4453
http://www.chungeoram.com
E-mail § eoram99@chollian.net

ISBN 978-89-251-1858-1 04810
ISBN 978-89-251-1741-6 (세트)

共

同

공동전인

5

傳

人

설경구 新무협 판타지 소설

FANTASTIC ORIENTAL HEROES

도서출판 청람

第一章
약육강식(弱肉強食)

콰직.

힘이 너무 과해서일까.

손아귀에 움켜쥐고 있던 술잔이 깨졌다.

술잔 안에 반쯤 남겨져 있던 술과 함께 붉은 피가 섞여 흘러내렸지만 천중악은 고통이 느껴지지 않는 듯 아무런 표정의 변화가 없었다.

오히려 맞은편에 앉아 있던 마군성의 얼굴에 걱정스런 표정이 떠오를 때, 천중악이 자조 섞인 목소리로 입을 뗐다.

"시간이란 너무 빠르게 흘러가는군."

"……."

"벌써 삼십 년이 넘게 흘러 버렸어."

"……."

"후회하고 있네."

"……."

"삼십 년 동안 하루도 빼놓지 않고 후회했지. 그날 내가 내렸던 바보 같은 결정으로 인해서."

꿀꺽꿀꺽.

술병째로 입에 가져가 들이켠 후, 입가로 흘러넘치고 있는 술을 닦을 생각도 하지 않은 채 천중악은 물었다.

"자네는 어디에 속해 있나?"

"마교…입니다."

"정말 마교인가?"

"그렇습니다."

"마교가 아직 존재하는가?"

천중악의 목소리는 날카로웠다.

마치 예리하게 날이 선 검신처럼.

챙그랑.

"하하핫!"

그래서 섣불리 대답하지 못하고 마군성이 고개를 숙일 때, 천중악이 던진 술병이 벽에 부딪혀 산산조각이 났다.

그와 함께 그는 대소를 터뜨렸다.

"웃기는 소리지만 지난 삼십 년간 이 강호에 마교는 없었네. 인정하고 싶지 않지만 그건 엄연한 사실이야."

마군성이 짤막한 한숨을 내쉬었다.

지난 삼십 년간 곁에서 지켜보았기에 그는 지금 천중악이 이렇게 흥분하는 이유에 대해 잘 알고 있었다.

그동안 가슴속에 묻어두었던 분노와 회한, 그리고 안타까움이 한순간에 터져 나오고 있는 것이었다. 그리고 그 계기가 된 것은 고루신마가 전한 말 때문이었다.

"새로운 마교를 만들고 싶었겠죠. 다른 누구의 마교도 아닌 온전히 자신만의 마교를. 물론 그 의도는 보기 좋게 성공했지만 새로운 문제가 생겼어요. 바로 마교가 사라져 버린 것이죠. 후회하지 않아요?"

이름이 사무진이라고 했다.

가짜 마교를 만든 장본인.

아니, 그렇게 쉽게 가짜 마교라고 단정할 수 있을까.

마군성이 고개를 기울였다.

솔직히 말하면 이제는 마군성조차도 확신할 수 없었다.

사무진이 만든 마교를 가짜라고 불러도 될지에 대해서.

오히려 그 우스꽝스러운 배첩에 적혀 있던 대로 새로운 마교라 부르는 편이 옳다는 생각이 들었다.

어쨌든 고루신마는 사무진이 천중악에게 했던 말을 그대

로 전했고, 그 이야기가 천중악에게 커다란 심경의 변화를 일으켰다는 것은 사실이었다.

그리고 마군성은 오히려 이편이 다행이라고 생각했다.

이번 일로 인해서 머뭇거리기만 하던 천중악이 어떤 결단을 내리는 계기가 될 수도 있다는 생각을 했으니까.

"아직 늦지 않았습니다."

"과연 그럴까?"

"교주님께서는 최선을 다하셨습니다. 이제는 다시 강호에 마교의 기치를 올린다 해도 부족하지 않습니다."

마군성이 질끈 입술을 깨문 채 이야기를 꺼냈다.

하지만 지금 꺼낸 이야기는 그의 솔직한 내심이 아니었다.

진짜 속마음은 그토록 오랜 시간이 흘렀음에도 불구하고 아직도 결단을 내리지 못하고 있는 천중악에 대해 화가 나 있었다.

"최선을 다했다?"

"그렇습니다."

"진정 그렇게 생각하나?"

"……?"

"예전부터 알고 있었지만 사도맹주는 실로 무서운 사람이지. 과연 그자에게서 벗어날 수 있다고 생각하는 건가?"

여전히 자조 섞인 목소리로 질문을 던지고 있는 천중악을 바라보며 마군성은 짤막한 한숨을 내쉬었다.

마군성이 곁에서 지켜봐 온 천중악은 약한 사람이었다.

물론 무공이 약하다는 뜻이 아니었다.

그는 마교의 교주에게만 전해진다는 천마유심신공(天魔有心神功)을 대성한 대단한 고수였으니까.

마군성이 약하다고 한 것은 천중악의 의지였다.

어쩌면, 그래, 어쩌면 천중악의 진짜 문제는 원래부터 가진 것이 너무 많았다는 것일지도 몰랐다.

마교 역사상 가장 뛰어난 교주 중 일인으로 평가받던 천금유 교주는 너무 강한 마교를 남겨두고 떠났다.

그게 마교를 위해, 후계자가 될 천중악을 위해 최선이라 생각했겠지만, 이제 와 돌이켜 보면 그것은 오산이었다.

천중악은 겁을 냈다.

자신이 가지고 있는 수많은 것들을 잃어버리게 되는 것에 대해 본능적인 거부감과 두려움을 가지고 있었기 때문에.

차라리 가진 것들 중 일정 부분을 잃어버릴 각오를 하고 천금유 교주의 유지를 받들었었다면 상황은 지금과는 많이 달라졌을 터였다.

하지만 손에 쥐고 있던 것들 중 그 어느 것도 잃고 싶지 않아 했던 그의 성격이 삼십여 년 전 치명적인 악수를 선택하게 된 이유가 되었으리라.

물론 그 선택을 내린 천중악이 전혀 이해가 가지 않는 것은 아니었다.

힘과 권력이란 것을 쥐어보지 못한 자는 알지 못한다.

그것이 얼마나 달콤한지를.

그리고 그 달콤한 맛을 알아버린 후에는 놓을 수가 없게 되는 것이 인간이 가진 욕심이었다.

어쨌든 천중악은 조금 전 말한 대로 후회하고 있었다.

그때, 그 선택을 한 것에 대해서 깊이 후회했지만 시간이 흘러 다시 선택을 해야 하는 순간이 돌아오게 되자 다시 약해졌다.

'세월이 흘러도 사람은 변하지 않는 걸까?'

불쑥 떠오른 생각에 마군성은 무심코 고개를 끄덕이려다가 힘껏 흔들었다.

"지금은 상황이 변했습니다."

"부딪혀 보라는 뜻인가?"

"두 번이나 악수를 두실 생각은 아니시겠지요?"

"……."

"더 망설이시는 것은 아무 도움이 되지 않습니다. 교주님께서는 그분들의 희생을 잊어서는 안 됩니다."

마군성은 일부러 힘을 주어 단호하게 말했다.

천중악의 입장에서는 불쾌하게 느낄 수도 있는 이야기.

어쩌면 자신의 목숨이 위태로울 수도 있다는 생각이 들었지만 잘 부탁한다는 말을 남기며 씁쓸한 웃음을 짓고 계셨던 그분들에게 생각이 미치자 멈출 수가 없었다.

그리고 평소와 달리 고개를 빳빳이 들고 천중악의 반응을 살피던 마군성의 얼굴이 굳어졌다.

"이미 늦었지."

힘없이 고개를 흔들고 있는 천중악의 입가에는 자조적인 웃음이 떠올라 있었다.

항상 웃고 있는 얼굴.

시골에 가면 어디서나 쉽게 볼 수 있는 촌노처럼 친근한 인상의 소유자였지만, 마군성이 알고 있는 사도맹주 호원상은 진정으로 무서운 자였다.

삼십 년 전, 그는 마교를 두려워했다.

아니, 마교의 저력을 두려워했다는 말이 옳았다.

그래서 아예 마교가 재건할 수 있는 여지조차 남겨두지 않으려고 했다.

그런 호원상이 택한 방법은 마교가 가진 힘의 절반이 넘는다고 알려진 마교의 장로들에게 제재를 가하는 것이었다.

"사실 난 마교가 무척이나 두렵다네. 자네들이 다시 활동한다는 소식을 들으면 등골이 서늘하겠지. 그래서 제안을 하나 하려 한다네. 남은 삶을 혈마옥에서 보내게. 대신 천중악을 살려주지."

천중악은 그때까지도 아무것도 몰랐다.

자신이 내린 선택으로 인해 목숨이 위태롭다는 사실조차
도 모를 정도였다.

당시의 마교가, 그리고 천중악이 처한 상황을 제대로 파악
하고 있는 것은 경험이 많았던 마교의 장로들뿐이었다.

그런 그들에게 은밀히 다가간 호원상이 제시한 조건에 대
한 대가가 바로 천중악의 목숨이었다.

그리고 그가 내놓은 제안을 마교의 장로들은 거부하지 못
했다.

자신들의 인생을 모두 버리면서까지 천중악을 살렸다.

그런데 지금 이 순간까지도 천중악은 그분들의 희생을 헛
되이 하려 하고 있었다.

마군성으로서는 화가 나지 않을 수 없는 상황.

그래서 그가 다시 입을 떼려는 순간, 천중악이 먼저 말했
다.

"삼십 년이었네."

"삼십 년이라면?"

"그분들이 내게 주신 시간은."

쓸쓸한 웃음을 지은 채 천중악이 꺼내는 이야기를 들으며
마군성의 머릿속이 복잡하게 헝클어지기 시작했다.

지금 천중악이 말하고 있는 그분들은 혈마옥에 갇히며 스

스로를 희생했던 마교의 장로들이 틀림없었다.

'그렇다면?'

마군성의 머리가 재빨리 회전하기 시작했다.

그가 알고 있는 것이 전부가 아니었다.

과거의 사건 이면에는 그조차 알지 못했던 또 다른 사연이 숨겨져 있었다.

"나는 그분들을 죽이려고 했네."

"하지만……."

"사무진이라는 자의 말이 틀리지 않았네. 나는 나만의 마교를 만들고 싶었다네."

"……."

"이제 와서 당시의 상황을 떠올려 보면 무척이나 바보 같은 생각이었지만 그 당시의 나는 그게 최선이라 생각했기에 무척이나 절실했지. 그래서 사도맹주와 손을 잡는 악수를 두었던 것이고."

마군성이 희미하게 고개를 끄덕였다.

여기까지는 그도 알고 있는 사실이었다.

"살아남으라 하시더군."

"……?"

"마지막으로 만났을 당시, 그분들이 내게 보내던 눈빛을 나는 아직도 잊을 수가 없네. 애증이라고 할까? 하지만 단언컨대 나를 원망하는 빛은 없었네. 오히려 바보 같은 결정을 내렸던 나를 걱정하셨지."

이제부터는 그가 알지 못했던 비사(秘事)였다.

마교의 장로들은 혈마옥에 갇히기 전 천중악을 만난 것이었다.

이것은 천중악만이 알고 있는 이야기.

그리고 비록 그 자리에 있지는 않았지만 마군성은 천중악이 오해한 것이 아니라는 생각이 들었다.

그분들이라면 걱정을 했을지언정 원망 따위는 하지 않았을 테니까.

"살아남으라는 마지막 당부에 담긴 의미를 처음에는 알지 못했지. 하지만 그 말의 의미를 깨닫는 데는 오래 걸리지 않았네. 그분들은 호원상이 그만큼 무서운 자라는 것을 이미 꿰뚫어 보셨던 거지."

"교주님께서는 무사하시지 않습니까? 그리고 조금 전 말씀하신 삼십 년이란 시간의 의미는 무엇입니까?"

"그래, 살아 있지. 하지만 지금의 나를 살아 있다고 말할 수 있을까?"

"그야……."

"숨이 붙어 있다고 해서 모두 살아 있는 것은 아니지."

"……?"

"그분들이 내게 당부한 것은 마교를 재건하라는 뜻이었네. 삼십 년은 그분들이 희생하며 내게 만들어 준 시간이었지."

마군성이 침을 꿀꺽 삼켰다.

천중악의 최측근이라고 해도 과언이 아닌 자신조차 알지 못했던 비사였다.

그리고 그가 당황한 이유는 그가 이 숨겨진 비사를 몰랐다는 이유도 있었지만 더 큰 이유가 있었다.

그것은 바로 이미 삼십 년이라는 시간이 지났다는 사실이었다.

이미 늦었다는 말을 꺼내던 천중악의 얼굴에 떠올라 있던 웃음의 의미를 깨닫는 순간, 마군성은 마음이 급해졌다.

'정녕 사실이란 말인가?

그 당시 사건의 감춰졌던 이면을 알게 된 순간, 다시금 화가 났다.

머뭇거리지 말고 움직였어야 했다.

그랬다면 상황은 지금과는 또 달라졌을 테니까.

그와 동시에 사무진이라는 자가 혈마옥에 있던 마교의 장로들의 진전을 이어받은 제자라는 것이 그저 소문이 아니라는 생각이 들었다.

그리고 이것이 의미하는 바는 컸다.

그분들이 천중악에게서 완전히 등을 돌렸다는 의미였으니까.

"지금이라도… 늦지 않았습니다!"

마군성이 정말 하고 싶은 말은 이게 아니었다.

그 사실을 알고 있었음에도 왜 서두르지 않았느냐는 책망을 하고 싶었지만 꾹 눌러 참았을 뿐이었다.

"그렇게 말해주니 고맙군."

"……."

"하지만 좀 더 솔직히 말하면 삼십 년이라는 시간이 지난 지금까지 움직이지 않은 이유는 내 의지였네."

"그 말씀은?"

"화가 났어. 아니, 좀 더 정확히 말하면 자존심이 상했다고 할 수 있지. 아직도 내가 그분들의 그늘을 벗어나지 못하는구나라는."

마군성이 혀를 내밀어 바싹 말라 버린 입술을 축였다.

'당신은 바보요.'

불쑥 튀어나오려 했던 말을 이번에도 억지로 삼켰다.

물론 천중악이 이해가 가지 않는 것은 아니었다.

그가 원했던 것은 하나!

바로 그만의 마교를 만드는 것이었다.

그리고 그는 이 결정으로 인해서 마침내 그 목적을 이루었다.

하지만 잃은 것이 너무 많았다.

'과연 잘한 결정이라고 할 수 있을까?'

제대로 판단이 서지 않았다.

그래서 혼란스러워하고 있는 마군성의 귓가로 천중악의

목소리가 다시 들려왔다.

"이 강호에 두 개의 마교는 없다. 사무진이라는 자가 그런 말을 했더군. 옳은 말이라고 생각하네."

"부딪칠 생각이십니까?"

"그래야겠지. 자네, 마교를 이루는 근간이 무엇이라 생각하는가?"

"그건… 상명하복이라고 생각합니다."

갑작스런 질문이었다. 더구나 전혀 예상치 못했던 질문이었기에 당황하며 마군성이 대답을 꺼내기 무섭게 천중악은 좌우로 고개를 흔들었다.

"약육강식이지."

"그 말씀은?"

"약한 자가 잡아먹히겠지. 그게 내가 이끄는 마교일지, 아니면 그자가 만든 마교일지는 모르지만. 그리고 그때는 이 강호에 하나의 마교만이 남겠지. 난 거기서부터 시작할 생각이네."

천중악의 입가로 하얀 미소가 떠올랐다.

하지만 마군성은 그 미소가 무척이나 쓸쓸하다는 느낌이 들었다.

슬금슬금.

심 노인이 뒷짐을 진 채로 걸음을 옮기는 것을 바라보던 홍연민은 지끈거리기 시작하는 이마를 짚었다.

확실히 인정할 수밖에 없었다.

심 노인에게는 장내의 분위기를 순식간에 얼어붙게 만들어 버리는 특별한 재능이 있다는 것을.

억지로 정문 밖으로 밀어냈을 때만 해도 금방이라도 오줌을 지리면서 바닥에 쓰러져 버릴 것 같던 심 노인에게는 속된 말로 똥배짱이 있었다.

주눅이 들어 있던 것은 아주 잠시였다.

저 자그마한 체구 어디에서 저런 대단한 똥배짱이 숨어 있을까 하는 생각이 들 정도로 심 노인은 기가 셌다.

사도맹 서열 오위와 팔위에 나란히 올라 있는 종리원과 염혼경 앞에서 '감히 사도맹 따위가' 라는 막말을 뱉어낼 수 있는 인물이 현 강호에 몇이나 있을까.

아니, 단연코 없다고 확신할 수 있었다.

아마 무림맹주라 하더라도 그런 말은 꺼내지 못할 테니까.

너무 기가 막혀서일까.

어이없다는 눈빛으로 바라보고 있는 종리원과 염혼경의 시선을 받으며 슬금슬금 홍연민의 곁으로 다가오는데 성공한 심 노인은 히죽 웃기까지 했다.

"이 정도면 충분하지?"

그리고 어느새 거만한 표정으로 돌변해 있는 심 노인을 보던 홍연민이 한숨을 내쉬었다.

그가 원한 것은 시간을 끄는 것이었다.

하지만 심 노인이 한 일은 오히려 저들의 화를 북돋운 것이다였다.

"그 똥배짱은 대체 어디서 나오는 겁니까?"

못마땅한 표정으로 한마디를 던진 홍연민이 다시 장내의 상황을 살폈다.

그런 그에게 종리원과 장경이 나누는 대화 소리가 들렸다.

"미친 노인인가?"

"부인하지는 않겠소."

"마교의 장로라고 하던데."

"미쳤는데 무슨 말을 못하겠소."

그나마 장경의 임기응변(隨機應變)이 빛을 발한 것이 다행이었다. 장경의 설명을 듣고서 어느 정도 납득이 된 듯 고개를 끄덕이던 종리원이 한 걸음 앞으로 내딛는 것이 보였다.

"이제 시작하지."

짤막한 한마디를 듣고서 장경도 주저하지 않고 한 걸음 앞으로 내딛자 종리원이 입매를 일그러뜨리는 것이 보였다.

"혼자서 상대하겠다?"

"충분하니까."

"자그마한 명성을 쌓더니 주제 파악을 못하고 있군."

종리원의 주름진 입가가 말려 올라가며 싸늘한 웃음이 떠오를 때, 그의 묵빛 도가 장경의 머리를 노리고 파고들었다.

긴장 때문일까?

도병을 움켜쥐고 있던 장경의 손바닥에는 어느새 홍건하게 땀이 고여 있었다.

특별히 기세를 뿜어내지도 않았고, 살기를 뿌리는 것도 아니었다.

종리원은 오른손에 들고 있던 묵빛 도를 바닥으로 늘어뜨린 채 그대로 서 있을 뿐이었지만, 장경은 밀려드는 압박감에 호흡이 거칠어진다는 느낌을 받았다.

'승패를 가르는 것은 어차피 작은 차이. 불가능할 것은 없다!'

장경의 손에 들린 도가 움직이기 시작했다.

하나, 둘, 셋, 넷.

순식간에 여덟 개로 불어난 도신이 종리원을 압박했다.

강호에서 불리고 있는 장경의 별호는 마환도(魔幻刀)!

그리고 그 별호는 누가 지었는지는 몰라도 제대로 지어진 별호였다.

장경의 도는 쾌(快)보다는 환(幻)을 근간으로 했다. 귀영음혼도(鬼影陰魂刀).

마치 귀신의 그림자처럼 은밀하게 다가와 상대의 목숨을 앗아간다는 도법을 펼치는 장경은 처음부터 최선을 다했다.

'걸렸어!'

여덟 개로 불어난 도신은 희미한 파공음조차 남기지 않고 종리원의 전신 요혈을 노리고 파고들었다.

그리고 그때까지도 아무것도 느끼지 못한 듯 아무런 움직임도 없는 종리원을 보며 장경의 눈이 번뜩였다.

하지만 그의 기대완 달리 손에 뭔가가 걸리는 느낌이 없었다.

스륵.

종리원은 미끄러지듯이 단 한 걸음을 옆으로 뗀 것에 불과했다.

하지만 그 자그마한 움직임으로 인해 여덟 개로 불어났던 도신은 모조리 허공을 가르고 말았다.

'분명히 가두었는데!'

장경은 경악했지만 그에게는 탄식하고 있을 시간조차도 주어지지 않았다.

종리원의 오른손에 들려 있던 묵빛 도가 움직이고 있었다.

늘어뜨리고 있던 도신을 느릿하게 들어 올리는 것이 전부였지만 장경은 본능적으로 위기를 직감했다.

다가오는 축축하면서도 위험한 기운.

도를 수습하며 재빨리 뒤로 물러나던 장경의 눈이 커졌다.

슈아악.

쾌도(快刀).

뒤로 물러나고 있던 장경의 속도와는 비교가 되지 않을 정도로 빠르게 묵빛 도신이 다가오고 있었다.

그것을 확인한 장경이 급히 허리를 비틀었다.

서걱.

옷자락이 잘려 나가는 소리!

재빨리 신형을 비틀었기에 잘려 나간 것은 옷자락뿐이었다.

하지만 마치 직접 살이 베인 것처럼 쓰라린 느낌을 받으며 장경이 다시 뒤로 물러나자 여지없이 묵빛 도신이 따라붙었다.

그림자처럼 집요하게 따라붙는 묵빛 도신!

'피하기에는 늦었다!'

그것을 깨닫자 장경도 마주 도를 휘둘렀다.

쩌엉.

'크흡!'

강렬한 폭음이 터져 나왔다.

입 밖으로 흘러나올 뻔했던 신음성을 간신히 참으며 연신 뒤로 밀려나던 장경이 급히 내력을 끌어올렸다.

도신과 도신이 부딪힌 순간, 도병을 움켜쥐고 있던 오른손을 통해 사이한 기운이 내부로 파고들었다.

서둘러 내력을 끌어올려 그 사이한 기운에 대항했지만, 해소하는 것이 생각처럼 쉽지 않았다.

장경의 내부로 파고든 사이한 기운이 날뛰기 시작했다.

내력으로 억누르며 장경이 반격했지만 이번에 그가 만들어낸 도신의 수는 네 개에 불과했다.

내부를 진탕시키고 있는 음습한 기운을 억누르느라 공격에 전력을 기할 수 없어 위력이 떨어질 수밖에 없었다.

그리고 장경이 처한 상황을 짐작하지 못할 종리원이 아니었다.

비웃듯이 입꼬리를 말아 올린 종리원은 이번에는 피하지 않았다.

대신 묵빛 도를 휘둘렀다.

쩌쩌쩌쩡.

장경이 내력을 풀어내며 도를 휘둘렀지만 제대로 된 변화를 만들어내기도 전에 묵빛 도가 그 도신들을 모조리 튕겨냈다.

그 충격에 얼굴을 찡그리며 뒤로 물러나던 장경이 급히 고개를 들어 염혼경과 대결을 벌이는 윤극과 제원상의 상황을 살폈다.

그리고 이내 장경의 표정이 굳어졌다.

일방적으로 밀리고 있지는 않았다.

하지만 그게 다였다.

이 대 일의 대결을 펼치고 있음에도 불구하고 염혼경은 전혀 밀리지 않았다.

양팔을 휘두르며 권풍(券風)을 사방으로 뿌려대고 있는 염혼경의 기세는 오히려 윤극과 제원상을 동시에 압박하고 있었다.

'역시 무리였나?'

염혼경보다도 한 단계 위의 고수라고 할 수 있는 종리원에게 장경이 혼자 맞서 싸우는 계획은 일종의 도박이었다.

하지만 염혼경과 함께 오는 것이 종리원이라는 사실을 듣고서 다른 방법을 찾을 수 없었기에 선택한 어쩔 수 없는 결정이기도 했다.

원래 계획은 장경이 종리원을 맞아 시간을 끌며 버티는 사이, 윤극과 제원상이 최대한 빠른 시간에 염혼경을 제압하는 것이었다.

그리고 윤극과 제원상이 합류해 함께 종리원을 상대하는 것이었다.

그러나 막상 대결이 시작되며 뚜껑이 열리자 염혼경의 무공 수위는 마도삼기의 예상보다 훨씬 더 강했다.

그리고 그것은 종리원도 마찬가지였다.

어쩌면 도박에 가까웠던 계획 자체가 무모했을지도 몰랐다.

"나를 상대하는 도중에 감히 한눈을 팔다니!"

장경이 상념에서 깨어난 것은 종리원의 일갈 때문이었다.

정신을 차리자마자 단전을 향해 밀려오는 해일처럼 엄청난 도기가 느껴졌다.

그제야 실수를 깨닫고 다시 한 번 허리를 비틀었지만, 이미 지척까지 다가와 있던 묵빛 도기를 완전히 피해낼 수는 없었다.

서걱.

뼈가 드러날 정도로 옆구리를 깊숙이 베고 지나가는 도신.

묵빛 도기가 가르고 지나간 옆구리에서 기다렸다는 듯이 붉은 피가 맹렬한 기세로 뿜어져 나오기 시작했다.

당장에 지혈하지 않으면 위험할 정도로 깊은 상처였다.

피를 너무 많이 흘려서인지 온몸의 힘이 스르륵 빠져나가는 느낌.

하지만 장경은 지혈을 하지도, 뒤로 물러나지도 않았다.

대신 이를 악물었다.

지금 여기서 물러난다 하더라도 어차피 도모해 볼 뒤가 없다는 절박함을 담은 장경의 도신이 떨쳐졌다.

"겨우 이 정도인가?"

두 다리를 지면에 붙이고 오만한 표정을 지은 채 던지는 염혼경의 한마디가 윤극과 제원상의 자존심에 상처를 남겼다.

딸랑, 딸랑.

이대로 당하며 수모를 겪을 수는 없다는 생각에 제원상이 독문병기인 두 자루의 혈겸을 다시 들어 올렸다.

동시에 심령을 뒤흔드는 방울 소리가 흘러나왔지만 염혼

경은 귀를 막으며 괴로워하기는커녕 코웃음을 쳤다.

"그깟 잡술이 통할 것이라고 기대하다니 마령삭이라는 별호가 아깝군."

신랄한 비아냥거림을 더는 참지 못하고 제원상이 신형을 날리며 두 자루의 혈겸을 휘둘렀다.

혈겸이 지나간 다음 핏빛 잔상만이 남겨질 정도로 빠른 공격이었지만 두 자루의 혈겸은 허공만을 가르고 지나갔다.

구구궁.

공격이 실패로 돌아간 것을 깨달은 제원상이 혈겸을 재빨리 회수하려 할 때, 엄청난 압박감이 밀어닥치고 있었다.

대기를 요동치게 하는 것으로 모자라 대기를 밀어내면서 다가오고 있는 일장.

아직 장력이 닿기에는 한참이나 일렀지만 엄청난 압력이 먼저 밀려와 제원상의 전신을 압박하고 있었다.

그것을 느끼고 급히 혈겸을 휘둘러 그 일장에 실린 무시무시한 경력을 해소하려 했지만, 역부족이었다.

퍼엉.

도와주기 위해 윤극이 뒤늦게 검을 뻗었지만 늦었다.

가슴에 일장을 허용한 제원상의 신형이 허공으로 떠올라 일 장이 넘게 밀려난 후에야 바닥으로 떨어졌다.

"쿨럭. 쿨럭."

제원상이 거센 기침을 뱉을 때마다 검게 죽은 핏덩이가 토해져 나왔다.

"퉤엣."

심각한 내상을 입은 것이 틀림없었지만 가래침을 뱉듯 거칠게 핏덩이를 토해낸 제원상은 내상을 다스릴 생각도 않고 다시 한 번 신형을 날렸다.

슈아악.

왼손에 들고 있던 혈겸을 허공으로 던져낸 뒤, 나머지 혈겸 하나를 오른손으로 굳게 움켜쥔 제원상의 신형은 금세 염혼경의 코앞까지 쇄도했다.

슬쩍 고개를 숙여 제원상이 던져낸 혈겸을 간단히 피한 뒤, 장력을 날리려고 준비하던 염혼경이 눈살을 찌푸렸다.

팽그르르.

조금 전, 그의 머리 위를 스치고 지나갔던 혈겸 한 자루가 허공에서 스스로 방향을 바꾸어 뒤통수를 노리고 다가오고 있었다.

그것을 깨닫고 잠시 주춤한 사이 어느새 제원상의 오른손에 들린 혈겸도 지척까지 접근해 있었다.

앞과 뒤.

양쪽에서 다가오는 혈겸의 공격은 예상치 못한 듯 흠칫하고 있는 염혼경의 모습을 확인한 제원상의 입가로 처음으로 희미한 미소가 스치고 지나갔다.

'피할 수 없다!'

남아 있던 모든 공력을 쏟아부은 한 수!

그렇기에 자신있게 혈겸을 휘두르던 제원상의 눈에 미간을 찌푸리고 있던 염혼경이 말아 쥔 주먹을 앞으로 내미는 것이 보였다.

밀려오는 일장.

그 일장에 실린 엄청난 경력으로 인해서 제원상이 휘두르고 있던 혈겸의 위력이 반감되며 방향마저 바뀌어 버렸다.

슈아악.

하지만 이번에는 윤극이 나섰다.

쉽게 찾아오지 않는 기회를 놓치지 않고 윤극이 거리를 좁히며 검을 휘둘렀다.

구대문파 중 하나인 점창파의 사일검법과 함께 가장 빠르다고 알려진 윤극의 혈류월예검(血流月銳劍)이 장력에 실린 힘에 의해 방향이 바뀌어 버린 혈겸을 대신해서 염혼경의 비어 있는 가슴을 노리고 파고들었다.

'베고 지나간다!'

절묘한 시점에 펼쳐진 합공.

아무리 염혼경이라 하더라도 도저히 피할 수 없다는 확신으로 물들어 있던 윤극의 두 눈이 흔들렸다.

묵직한 느낌.

지금쯤이면 검병을 움켜쥐고 있는 오른손에 느껴져야 할 묵직한 느낌이 전해지지 않았다.

아무것도 걸리는 느낌이 없다는 사실을 깨닫고서는, 전력을 다해 휘둘렀던 검을 수습할 생각도 하지 못했다.

'어떻게 피했지?'

가장 먼저 든 생각은 의아함.

그리고 이어진 것은 불안감이었다.

자신의 쾌검을 피해낸 염혼경을 찾기 위해 고개를 들기도 전에 미간을 노리고 다가오는 혈겸이 느껴졌다.

조금 전까지 염혼경의 뒷덜미를 노리고 파고들던 혈겸이 지금은 윤극의 미간을 노리고 파고들고 있었다.

길게 생각할 틈도 없이 재빨리 고개를 숙이자 예리한 혈겸의 날이 그의 머리카락을 잘라내며 지나갔다.

"느려!"

그리고 안도의 한숨을 내쉬려는 찰나, 염혼경의 나직한 목소리가 귓가로 파고들었다.

마치 조롱하듯 흘러나오고 있는 그 목소리를 듣고서 윤극이 급히 신형을 비틀며 뒤로 물러났지만 염혼경이 휘두른 장력은 그가 뒤로 물러나며 피하는 것보다 훨씬 빠르게 다가와 가슴에 격중했다.

퍼엉.

한순간 숨이 막혀 버릴 정도의 커다란 충격.

마지막 순간에 가까스로 신형을 비틀어 비껴 맞았음에도 불구하고 충격은 고스란히 전해졌다.

울컥 하며 한 움큼의 검붉은 핏덩이를 바닥에 토해낸 윤극이 시선을 들었다.

그런 그의 시선이 뒷짐을 진 채로 오연하게 서 있는 염혼경에게 잠시 향했다가 제원상에게로 옮겨갔다.

여전히 하나의 혈겸을 오른손에 움켜쥔 채 다시 전의를 불태우며 힘겹게 일어서고 있던 제원상과 윤극의 시선이 부딪쳤다.

오산!

눈빛이 마주친 순간, 윤극은 제원상이 지금 머릿속으로 자신과 같은 생각을 하고 있다는 사실을 눈치챘다.

고심 끝에 택한 마도삼기의 해법.

구유마도 종리원을 장경이 혼자 상대하는 동안, 윤극과 제원상이 염혼경을 최단시간 내에 제압하고 합류한다는 것은 분명 오산이었다.

차라리 마도삼기가 함께 한 사람을 합공하는 편이 지금보다는 훨씬 나은 결과를 만들었을 것이 틀림없었다.

그러나 그것조차도 여의치 않았던 상황.

더구나 지금은 후회하기에는 너무 늦어버렸다.

그 사실을 알기에 힘겹지만 다시 사력을 다해 몸을 일으킨 윤극의 눈에 앞을 가로막고 있는 네 개의 등이 보였다.

'이들이?

매난국죽이 부상당한 윤극과 제원상의 앞으로 나서서 염

혼경과 맞서려 하고 있었다.

그것을 확인하고 '너희들로는 감당할 수 없는 고수야' 라는 말을 던지려던 윤극은 결국 입을 다물었다.

"싸움 잘해?"

불쑥 던지는 한마디.

처음에는 자신에게 던지는 질문이라고 생각하지 못했기에 서문유는 한참이나 멍하니 서 있었다.

그리고 대답을 재촉하듯 바라보고 있는 정소소의 눈빛을 마주하고서야 잠시 움찔했던 서문유가 대꾸했다.

"기본은 하오."

"에계, 겨우 기본?"

"기본보다는 조금 더 나을 것이오."

"그래? 난 싸움 잘하는 남자가 좋더라."

실망한 표정으로 한마디를 던지고는 다시 한창 싸움이 벌어지고 있는 밖으로 고개를 돌리는 정소소를 보던 서문유가 검병으로 손을 가져갔다.

조금 전, 정소소의 얼굴에 떠올랐던 실망한 기색이 마음에 걸렸다.

"아까는 거짓말을 했소. 싸움은 좀 하는 편이오."

그래서 서문유가 다시 소리치자 정소소가 눈을 빛내며 바라보았다.

"정말?"

"그렇소."

그리고 영 못 미더운 표정을 지은 채 되묻고 있는 정소소를 바라보던 서문유가 언성을 높였다.

하지만 정소소는 여전히 만족한 표정이 아니었다.

"나 저 아저씨랑 친해졌어."

정소소가 가리키는 손가락의 끝이 향해 있는 곳에는 마도 삼기 중 한 명인 장경이 피를 흘리며 서 있었다.

그것을 확인하고서 정소소가 장경과 마교의 정문 앞에 앉아서 주먹밥을 나눠 먹으며 이야기를 나누던 모습을 보았던 것이 떠올랐다.

하지만 지금 갑자기 왜 그 이야기를 꺼내는지 이해하지 못해서 서문유가 고개를 갸웃할 때였다.

"소문을 들어서 엄청 잔인한 줄 알았는데 아니더라고. 실없는 소리도 잘하고 내가 얘기할 때 맞장구도 잘 쳐주는 편이라서 꽤 친해졌어. 마음이 잘 맞아서 며칠 전에는 친구하기로 약속했는데 잘못하면 죽을지도 모르겠어."

이번에 꺼낸 정소소의 말은 틀리지 않았다.

단신으로 구유신도 종리원과 맞서 싸우고 있는 장경의 모습은 위태롭기 그지없었다.

지금 당장 죽는다고 해도 이상하지 않을 정도로 고전을 하고 있는 장경을 서문유가 물끄러미 바라볼 때, 정소소의 말이 이어졌다.

"도와주고 싶은데 그게 맘처럼 되질 않네. 하긴 원래 세상에서 제일 중요한 것이 자기 목숨이니까."

"……?"

"그래도 명색이 친구인데 죽을 위험에 처한 것을 아무 상관도 없는 사람처럼 쳐다보는 것은 너무 치사한 것 아닌가 하는 생각이 들기도 하고."

"무슨 말을 하고 싶은 것이오?"

"공밥 먹기 미안하지 않아?"

"……?"

"내가 알기로 벌써 마교에서 공밥 먹은 지 꽤 된 걸로 알고 있는데. 우리도 밥값 정도는 하는 게 어떨까?"

생긋 웃으며 말하는 정소소를 바라보며 서문유는 그녀가 지금 하고 싶은 말이 무엇인지 깨달았다.

그리고 그것이 얼마나 위험한 생각인지도 잘 알고 있기에 서문유가 정색을 한 채 진지하게 물었다.

"진심이오?"

"응."

"상대인 구유신도 종리원은 강한 자요."

"강호에 몸담고 있는 사람 중에 그 사실을 모르는 사람도 있어? 솔직히 말해봐. 너 겁나지?"

겁이 나지 않는다면 거짓말이었다.

하지만 그 말을 듣는 순간 또 한 번 울컥하고 뭔가가 치밀어 올랐다.

그리고 그 사실을 인정하고 싶지 않았다.

청룡단의 부단주로서 무림맹 내에 있는 또래의 청년들 사이에서는 열 손가락 안에 손꼽히는 실력을 가졌다고 평가받는 서문유.

게다가 그는 아직 어느 누구에게도 자신이 서푼의 실력을 감추고 있다는 사실을 털어놓지 않았다.

만약 꽁꽁 감추어두었던 서푼의 실력까지 모두 꺼내놓는다면 자신에 대한 평가는 또 달라졌을 것이었다.

하지만 문제는 하나.

상대가 종리원이라는 것이었다.

사도맹 서열 오위라는 명성이 아니더라도 지금 마도삼기중 일인인 장경과 싸우고 있는 종리원의 무공은 압도적이라는 말로밖에 표현할 수 없을 정도로 대단했다.

지금까지 서문유가 감추어두었던 서푼의 실력까지 모조리 꺼낸다 하더라도 종리원의 상대가 될 리 없었다.

"조금도 겁나지 않소."

원래라면 이 말을 해서는 안 되었다.

겁이 난다고 솔직히 속내를 털어놓았어야 했다.

하지만 '역시 겁이 나는 건 어쩔 수 없지?'라고 말하고 있는 듯한 정소소의 눈빛을 확인한 순간, 속내와는 전혀 다른 말이 새어 나와 버렸다.

그리고 원래 한 번 뱉어버린 말은 주워담을 수 없는 법이었다.

"그럼 같이 싸울까?"

"진짜 종리원과 싸우자는 뜻이오?"

"솔직히 혼자는 겁이 나서 못 나서겠더라고. 그런데 네가 함께해 준다면 나설 수 있을 것 같아."

재고(再考)해 보라는 말을 하고 싶었는데 서문유는 이번에도 그 말을 꺼내는 대신 어느새 검을 꺼내 들고 있었다.

생긋 웃고 있는 정소소의 얼굴을 마주한 순간, 겁이 나지 않는다고 했던 말을 차마 거짓말이었다고 고백할 수 없었다.

그래서 이번에도 생각과는 다른 말을 꺼내고 말았다.

"나만 믿으시오."

"와, 생각보다 남자다운데."

"알고 보면 진짜 남자요."

"남자를 좋아하는 남자지."

마지막 말은 안 했다면 더 좋았을 것을.

어쨌든 검까지 뽑아 든 마당인데 지금 와서 물러날 수도 없었다.

검을 빼 든 이상, 무라도 베고 돌아와야 했다.

第二章
고백(告白)

荷蒸乳蒸煎棗湯細賜其福佑弟子王

至大改元四月佛浴道音廣焉傳行科

日弟子趙孟頫敬書長座前弁

老君演此真妙徑竟

共同
傳人
공동전인

"목숨이 귀한 줄도 모르고 불구덩이를 향해 달려드는 불나방들이로군."

서문유와 정소소를 확인한 뒤 종리원은 한심하다는 표정을 지었다.

그리고 그의 눈빛에는 경멸이 담겨 있었다.

마치 마교에는 인물이 이렇게 없냐고 말하고 있는 듯한 그 눈빛을 확인하고 서문유가 또 한 번 울컥했다.

"함부로 말하지 마시오. 우리는 마교의 인물들이 아니오."

"마교에 속해 있지 않다?"

"그렇소."

"그럼 너희는 뭐냐?"

"믿지 않을지 모르겠지만 우리는… 식객(食客)이라고 할
수 있소."

어떻게 설명해야 할까를 고민하던 서문유는 잠시 말문이
막혔다.

마땅히 설명할 단어를 찾지 못해 고민하던 서문유가 식객
이란 단어를 꺼내며 정소소를 힐끗 살폈다.

그리고 그 표현이 만족스러운 듯 가지런한 하얀 치아를 드
러내며 생긋 웃고 있는 정소소를 확인한 뒤, 잠시 움츠러들었
던 가슴을 쭉 폈다.

코앞에서 직접 마주한 종리원의 기세는 멀리 떨어져서 살
피던 것과는 또 달랐다.

바닥에 늘어뜨리고 있던 묵빛 도를 들어 올린 것이 다였지
만 숨조차 제대로 쉬기 힘들 정도의 압박감이 전해지고 있었
다.

하지만 정소소가 보는 앞에서 움츠린 모습을 보여줄 순 없
었다.

그래서 억지로 호기로운 모습을 유지하고 있는 서문유를
향해 종리원이 귀찮은 기색이 역력한 목소리로 입을 열었다.

"상관없다."

"……?"

"어차피 모두 죽일 생각이었으니까."

그 광오한 한마디를 듣고 뭐라고 대꾸하려는 찰나, 종리원이 파리라도 쫓듯이 오른손으로 들고 있던 묵빛 도를 횡으로 가볍게 휘둘렀다.

해일처럼 밀려오는 무형의 기세.

그것을 깨닫고 몸을 피하려던 서문유가 아무것도 느끼지 못한 듯 움직이지 않는 정소소를 확인하고서 급히 검을 들었다.

쩌엉.

상대는 구유신도 종리원.

서푼의 실력을 감출 여유 따위가 있을 리 만무했다.

전력을 다해 휘두른 일검이 해일처럼 밀려들던 무형의 기세와 부딪치자마자 엄청난 충격이 전해졌다.

주르륵.

반탄력으로 인해 서문유의 신형이 속절없이 뒤로 밀려났다.

목구멍을 타고 넘어오는 울혈을 간신히 삼키며 서문유가 가장 먼저 확인한 것은 정소소의 안위였다.

그리고 다행히 무사한 듯 보이는 그녀를 확인하고 서문유는 몰래 안도의 한숨을 내쉬었다.

"진짜 싸움 좀 하네."

"거짓말은 하지 않소."

"점점 더 멋있어 보이는데."

"고맙소."

"남자를 좋아한다는 사실만 몰랐다면 반할 뻔했어."

그리고 엄지손가락을 들어 올린 채 꺼낸 정소소의 이야기를 듣고 서문유가 씁쓸한 웃음을 흘릴 때, 종리원이 눈썹을 꿈틀했다.

"기척도 느끼지 못하고 죽어버릴 줄 알았더니 용케 막았구나."

의외의 결과에 살짝 놀란 표정을 지은 채 종리원이 말이 꺼내자, 정소소가 배시시 웃으며 대꾸했다.

"우리 낭군님이 얼마나 강한데요."

"……?"

"남자를 좋아한다는 것 빼고는 거의 완벽한 남자예요."

웃어야 할까. 울어야 할까.

그만 하라고 말하고 싶었지만 배시시 웃으며 엄지손가락을 들어 올리고 있는 정소소를 확인하고 서문유는 깔끔하게 포기했다.

그리고 어이가 없다는 표정을 지은 채 서 있는 종리원을 향해 이번에는 서문유가 먼저 신형을 날렸다.

정소소가 보내는 응원의 힘 덕분일까.

서문유의 검은 평소보다 훨씬 빠르고 날카로웠다.

그리고 종리원의 옷자락을 잘라내기까지 했다.

하지만 바뀌지 않는 사실은 상대가 종리원이라는 것이었다.

번쩍.

위에서 아래로 떨어져 내린 묵빛 도와 마주한 순간, 서문유의 신형이 실 떨어진 연처럼 뒤로 날아갔다.

털썩.

머리부터 떨어지는 바람에 잠깐 정신을 잃었다가 깨어난 서문유는 다시 몸을 일으키려 했다.

하지만 그게 뜻대로 되지 않았다.

온몸이 욱신거리고 있었다.

근육이란 근육은 모조리 비명을 질러대며 고통을 호소하는 느낌이었다.

흩어져 버린 진기 가운데에서 내력 한 줌을 간신히 끌어올려서 운기를 하려 했지만 그조차도 쉽지 않았다.

정체를 알 수 없는 차갑고 사이한 기운이 내부로 파고든 채 날뛰면서 운기를 방해하고 있었다.

'이대로 끝인가?'

다시 한 번 종리원의 무서움이 느껴졌다.

그리고 이대로 포기해 버리고 싶었다.

억지로 몸을 일으킨다고 해도 종리원과 맞서서 할 수 있는 것은 아무것도 없다는 생각이 들었다.

하지만 정소소에게 생각이 미치자 그리 할 수는 없었다.

'지켜야 해!'

그래서 죽을힘을 다해 몸을 일으키려고 노력하던 서문유

가 움찔하며 멈추었다.

뺨을 어루만지고 있는 부드러운 손길이 느껴졌다.

코끝을 간질이는 달콤한 체취.

눈을 감고 있어 보이지는 않았지만 정소소가 곁에 다가와 있다는 것을 직감한 서문유는 일단 정소소가 무사하다는 것에 안도했다.

"다행이오."

"……."

"소저가 무사하다는 것이 정말… 다행이오."

"……."

"이런 모습을 보여주고 싶지 않았는데 내 능력이 이것밖에 되지 않으니 더 이상 소저를 지켜줄 수 없게 되었소."

"……."

"그러니… 어서 멀리 도망치시오."

"……."

간곡하게 부탁했지만 정소소에게서는 떠날 기색이 느껴지지 않았다.

초조한 마음에 한마디를 덧붙이려던 서문유는 픽 하고 실소를 터뜨렸다.

도망칠 곳이 어디 있을까라는 생각이 들었다.

조금 전 종리원은 분명히 모두 죽일 것이라고 말했고, 그것은 단순히 협박하는 것이 아니었다.

그는 자신이 꺼낸 말은 지키는 냉혹한 무인이었다.

그리고 어차피 이렇게 된 이상, 지금까지 꽁꽁 숨겨두고 있었던 마음이라도 전하는 것이 좋겠다는 생각이 들었다.

"고백할… 것이 있소."

"……."

"사실 사람들은 나에 대해 오해하고 있소. 나는 진짜 남자요."

"……."

"지금까지 그에 대해 적극적으로 해명하지 않았던 것은… 휴, 사연을 설명하자면 너무 길어질 테니 생략하겠소. 다만 내가 하고 싶은 말은 하나요. 더 늦어진다면 고백할 시간이 없을 테니 말하겠소."

"……."

"난 당신을 좋아하오. 아니, 사랑하고 있소."

너무 갑작스런 고백이어서일까?

뺨을 간질이고 있던 부드러운 손길이 떨어졌다.

그와 함께 가슴 깊이 밀려드는 짙은 아쉬움.

그래서 서문유의 입에서 한숨이 새어 나왔다.

여전히 아무런 대답도 하지 않는 정소소가 어떤 표정을 짓고 있는지를 확인하기 위해 천천히 눈을 떴다.

"흐읍!"

그리고 눈을 뜬 서문유는 급히 숨을 들이켰다.

가늘게 뜨고 있는 두 눈에 정소소의 얼굴이 보였다.

하지만 정소소 혼자 있는 것이 아니었다.

지금 이곳에 있을 것이라고는 꿈에도 생각지 못했던 사무진의 얼굴이 보였다.

"사랑한다는데."

조금 전까지 서문유의 뺨을 간질이고 있던 사무진이 얄밉게 히죽 웃으며 정소소를 향해 입을 열었다.

그리고 그녀가 뭔가 대답을 꺼내기도 전에 사무진이 아주 진지한 표정으로 정소소를 노려보며 한마디를 덧붙였다.

"너 혹시 남자였어?"

쫘악.

정소소의 손은 역시 매서웠다.

'한 번 더 보여줄까'라며 흥분하고 있는 정소소에게서 멀찌감치 떨어진 다음에야 사무진이 주변을 살폈다.

그리고 안도의 한숨을 내쉬었다.

다행히 늦지는 않은 것 같았다.

마교의 핵심 전력이라고 할 수 있는, 아니, 솔직히 말하면 마교의 전부라고 할 수 있는 마도삼기와 매난국죽이 죽기 전에 도착했으니까.

사무진이 등장하자 마도삼기가 서둘러 그의 곁으로 다가왔다.

피를 너무 많이 흘려서일까.

핏기 하나 없는 창백한 얼굴로 두 다리를 후들후들 떨면서 간신히 서 있는 장경을 바라보다 사무진이 혀를 끌끌 찼다.

"용케 목숨이 붙어 있네요."

"죄송합니다."

"살아 있으니 됐어요. 이제 여기는 걱정하지 말고 몸이나 추스르도록 해요."

"하지만……."

"왜요? 그 몸으로 싸울 생각이에요? 괜히 거치적거리니까 어설프게 끼어들 생각하지 말고 멀리 떨어져서 구경하고 있어요."

장경을 비롯한 윤극과 제원상이 일제히 면목없다는 표정을 지었다.

그리고 '일당천은 얼어죽을' 이라는 빈정거림이 섞인 사무진의 한마디를 듣고서 처량한 표정으로 고개를 떨구고 있는 마도삼기의 초라한 모습은 동정심을 유발시키기에 충분할 정도였다.

그러나 사무진은 그들을 거들떠보지도 않았다.

"전에 내가 뭐라고 했더라. 문지기는 그 문파의 얼굴이라고 그랬던 것 같은데 꼴이 아주 보기 좋네요. 명색이 마교의 문지기가 이렇게 형편없는 모습을 보여주었으니 실망스럽기 그지없어요."

"……."

"확실히 마도삼기의 명성에는 거품이 끼어 있네요."

"……."

"영구 문지기 확정입니다."

마도삼기의 고개가 좀 더 아래로 떨구어졌다.

그리고 처량하게 서 있는 마도삼기에게 사무진이 신나게 독설을 내뱉는 동안, 정문 뒤에 숨어서 상황을 살피고 있던 심 노인과 홍연민이 달려왔다.

"교주님!"

"다행히 안 죽고 살아 있었네요."

"그야 물론입니다. 교주님을 보필해야 할 제가 어찌 교주님을 두고 먼저 눈을 감을 수 있겠습니까?"

"그러니까 지금 그 말은 나보다 오래 살겠다는 뜻이죠?"

"그럴 리가 있습니까?"

"그럼요?"

"교주님과 한날한시에 죽겠습니다."

"하여간 말은 잘해요."

조금 전까지만 해도 정문 뒤에 숨어서 벌벌 떨고 있던 심 노인은 사무진의 손을 붙잡자마자 금세 표정이 돌변했다.

그리고 다시 똥배짱을 부리기 시작했다.

"저자들이, 저 무엄한 자들이 감히 우리 마교를 우습게보았습니다. 제가 마교의 장로로서 단호히 경고하였음에도 불구하고 저놈들이 마교를 무시했습니다."

짐짓 엄숙한 표정을 지은 채 소리치는 심 노인.

"정말이에요?"

"네?"

"정말 엄중히 경고했어요?"

"물론입니다. 무림맹주 앞에서도 전혀 주눅 들지 않았던 제 기개를 교주님도 아시지 않습니까?"

"물론 알지요."

"……?"

"직접 보지는 않았지만 그림이 그려지네요. 저기 성격 급한 두 노인들이 무척이나 흥분했겠네요."

"사실 무서워서 오줌을 살짝 지릴 뻔했습니다."

"잘 참았어요. 마교의 장로가 오줌을 지리는 모습을 보여서는 안 되지요."

"물론입니다. 마교의 명예를 위해서 죽을힘을 다해 참았습니다."

반가운 해후를 마치고 심 노인이 뒤로 물러나자 이번에는 홍연민이 사무진의 곁으로 다가왔다.

"혹시 돌아오지 않을까 봐 걱정했다네."

"치사하게 혼자 도망가진 않아요."

"생사판 염혼경과 함께 오는 것이 구유신도 종리원일 줄은 몰랐네. 게다가 그들이 직접 키운 수하들까지 왔으니 쉽지 않을 듯하네."

"언제 쉬운 적이 있었나요? 걱정 말아요. 우리 마교에 큰 도움이 될 아주 훌륭한 인재들을 포섭해 왔으니까."

자신있는 사무진의 대답을 듣고 홍연민이 그제야 함께 온 장하일과 육소균에게로 시선을 던졌다.

그리고 이내 홍연민의 두 눈은 실망으로 물들었다.

하긴 혼자서는 움직이기도 힘들 정도로 살이 찐 비대한 체구의 육소균과 그런 육소균을 업고서 이곳까지 경공을 펼치느라 지칠 대로 지쳐서 초췌한 장하일을 보았으니 당연한 반응일지도 몰랐다.

"겨우 두 명인가?"

"진정한 일당천(一當千)의 고수들이죠."

"솔직히 믿기질 않는군."

"걱정은 접어두고 마음 푹 놓고 구경이나 하면 돼요."

여전히 걱정스런 표정을 감추지 않고 있는 홍연민에게 사무진이 히죽 웃음을 지어주었다.

"아직 살아 있다니 무척이나 목숨 줄이 긴 놈이로구나."

사무진을 확인하고서 염혼경이 일갈을 터뜨리며 비웃음을 던졌지만 사무진은 하얀 이빨을 드러내며 마주 웃었다.

"결국 이렇게 다시 만났네요."

"……."

"그날 얼마나 얻어터졌는지 꿈쩍도 하지 못하고 반년이나 드러누워 있었어요 어쨌든 잘 왔어요. 만약 오지 않았다면 내가 찾아가려고 했거든요."

"주제를 모르는 것은 여전하구나."

"그건 마찬가지인 것 같은데요. 여기 마교예요."

"무슨 소리지?"

"똥개도 자기 동네에서 싸울 때는 오 할은 먹고 들어간다는 얘기 못 들어봤어요?"

"……."

"감히 마교를 상대하기 위해 찾아오면서 겨우 요 정도 인원으로 찾아왔으니 자만이 극에 달했네요. 뼈저리게 후회하게 만들어줄게요."

모욕을 당했다고 생각해서일까.

종리원을 비롯한 사도맹 무인들의 표정이 싸늘하게 굳어졌다.

그리고 그것은 염혼경도 예외가 아니었다.

얼굴이 상기된 염혼경이 예고도 없이 오른손을 휘둘렀다.

부우웅.

사무진을 향해 다가오는 위맹한 장력.

엄청난 속도로 다가온 장력이 금방이라도 사무진의 가슴에 적중될 것처럼 보인 순간에, 사무진이 슬쩍 무릎을 굽히며 마주 주먹을 내질렀다.

퍼엉.

폭음이 터져 나온 뒤 염혼경이 날린 장력이 흔적도 없이 소멸되었다.

그리고 아무렇지도 않게 고개를 좌우로 꺾은 사무진이 히죽 웃었다.

"성질이 지랄 맞은 것은 예나 지금이나 변함이 없네요."

"……."

"하긴 사람이 변하면 안 되죠. 어쨌든 조금만 기다려요. 지금 누가 누굴 상대할지에 대해 제비뽑기를 하려고 하니까요."

사무진이 말도 안 되는 소리를 던졌지만 염혼경은 조금 전의 상황에 충격을 받은 듯 아무런 대꾸도 하지 않았다.

믿을 수 없다는 표정으로 조금 전 일장을 날렸던 자신의 오른손을 내려다보던 염혼경의 두 눈에서 광망이 폭사했다.

그리고 다시 한 번 장력을 날리려던 염혼경의 어깨를 종리원이 붙잡았다.

"자네답지 않군."

"크흠."

"어차피 모두 죽을 자들일세. 그나저나 자네에게 들었던 이야기와는 다르군. 자네의 장력을 그리 쉽게 받아내다니. 저놈은 내가 맡도록 하지."

염혼경이 지나치게 흥분했다고 생각해서일까.

사무진의 뒤통수를 향해 섬뜩한 살기를 흘리며 종리원이

한마디를 던졌다.

　그리고 그 제안에 염혼경이 이의를 제기하기도 전에, 사무
진이 먼저 나섰다.

　"살기 뿌리지 말아요. 뒤통수가 근질근질하니까."

　종리원이 살기를 집중시키고 있던 뒤통수를 긁적이면서
고개를 돌린, 사무진이 한마디를 더 던졌다.

　"그리고 누구 맘대로 상대를 정해요?"

　"……?"

　"아직 제비뽑기 안 끝났으니까 좀 더 기다려요."

　종리원과 염혼경을 향해 기다리라는 말을 남긴 사무진이
다시 장하일과 육소균을 붙잡고 열변을 토하기 시작했다.

　"자, 주목 좀 해봐요."

　"……."

　"……."

　"그래도 내가 명색이 마교의 교주인데 듣는 척이라도 좀
해줘요."

　"……."

　"……."

　"그래요. 기대한 내가 잘못이네요. 그래도 들리기는 하죠?
어허, 거기 육소균 장로는 자꾸 눈 감지 말아요. 업혀오느라
피곤하고 졸리더라도 조금만 참아요. 그리고 장하일 장로는

얼른 살기를 가라앉혀요. 또 눈이 빨갛잖아요."

틈만 나면 등을 바닥에 대고 눈을 감으려 하는 육소균과 주먹을 쥐고 달려나가려는 장하일을 간신히 어르고 달래던 사무진이 한숨을 내쉬었다.

어느 정도 예상은 하고 있었지만 장하일과 육소균을 상대하는 것은 진정 쉬운 일이 아니었다.

속에서 천불이 날 것 같았다.

그리고 속마음 같아서는 나 혼자 다 알아서 상대한다고 소리치고 홱 소리가 나게 등을 돌려 버리고 싶었지만 사무진은 참고, 참고, 또 참았다.

만약 이들이 기대만큼의 활약을 펼치지 않는다면 힘겹게 재건한 마교는 오늘부로 끝날 가능성이 컸으니까.

"저 영감이 구유신도 종리원인데. 알아요?"

묵빛 도를 들고 서 있는 종리원을 가리키며 사무진이 질문을 던졌지만 육소균과 장하일은 약속이나 한 듯 심드렁한 표정이었다.

"쭈그렁탱이 영감 이름까지 기억할 필요가 있나?"

"내가 죽일까?"

강호를 떨어 울리고 있는 구유신도 종리원의 명성은 적어도 육소균과 장하일 앞에서는 통하지 않았다.

"생사판 염혼경도 몰라요?"

"알게 뭐야."

"저놈도 내가 죽일까?"

그리고 그것은 염혼경도 마찬가지였다.

이대로는 답이 안 나온다는 생각에 고민하던 사무진이 제비뽑기까지 심각하게 생각하다가 마음을 고쳐먹었다.

"자, 지금부터 내가 하는 말을 잘 들어요. 육소균 장로가 구유신도 종리원을 상대합니다. 그리고 생사판 염혼경은 제가 상대합니다. 해묵은 빚이 남아 있거든요. 그리고 장하일 장로는 저기 두 노인과 함께 온 사도맹의 무인들을 상대합니다."

"다 죽여도 되나?"

"좀 많은데 괜찮겠어요?"

"상관없다."

"그럼 부탁할게요. 그동안 잘 참았으니 오늘은 한번 신나게 싸우세요."

"좋다."

장하일은 마음이 급한 듯 뒤도 돌아보지 않고 달려나갔다.

종리원과 염혼경의 곁을 스치고 지나간 장하일이 백 명에 가까운 사도맹 무인들의 가운데로 망설임없이 파고들었다.

그리고 그 모습을 물끄러미 바라보던 사무진이 육소균에게로 시선을 돌렸다.

"안 가요?"

"귀찮아."

"실력을 보여줘요."

"꼭 해야 돼?"

"밥 먹고 살려면 해야 돼요."

"저 영감 죽이는 것과 밥 먹는 것과 무슨 상관이 있는데?"

"저 영감을 못 막으면 마교가 망하거든요. 그러면 밥 해줄 사람이 없어서 굶어야 해요. 다시 말해서 일류 요리사가 준비하는 최고의 식사는 물 건너가는 거죠."

"그건 안 되지."

"어때요? 이제 싸울 의욕이 좀 생기나요?"

어이없는 협박이었지만 일반인의 기준으로는 재단할 수 없는 특이한 정신세계를 가진 육소균에게는 통했다. 물론 의욕을 불태우는 것까지는 아니었다.

하지만 마지못해 고개를 끄덕이는 육소균에게 싱긋 웃어준 사무진이 그제야 염혼경 앞으로 다가갔다.

"기다리게 해서 미안해요."

"……."

"우리 마교의 장로들이 싸우고자 하는 의욕이 너무 넘쳐흘러서 상대를 결정하는 데 시간이 좀 걸렸네요. 그럼 우리도 해묵은 빚을 청산해 볼까요?"

"건방진 놈!"

그사이 조금 흥분을 가라앉힌 염혼경이 두 눈에서 섬뜩한 광망을 토해냈다.

그런 염혼경의 온몸에서 흘러나오고 있는 진득한 살기가

사무진을 칭칭 옭아매기 시작했다.

지금 서 있는 자리에서 단 한 걸음이라도 움직이면 그대로 전신을 난자해 버릴 것처럼 느껴지는 살기.

무시무시한 살기의 그물이었지만 정작 그 살기를 마주하고 선 사무진은 더벅머리를 긁적이며 히죽 웃었다.

"그런다고 겁 안 먹으니까 괜히 힘 빼지 말아요."

방금 한 말은 거짓말이었다.

혈마옥 안에서 희대의 살인마들과 함께 지내며 그들이 뿜어내던 살기에는 이골이 날 만큼 난 사무진이었지만 이상하게 겁이 났다.

염혼경의 명성 때문일까.

어쩌면 그럴지도 모르겠다는 생각이 잠시 스치고 지나갔지만 꼭 그런 것만도 아닌 것 같았다.

염혼경 못지않게 명성이 대단한 태사령 임무성이나 무림 맹주 유정생 앞에 섰을 때는 이렇지 않았으니까.

그렇다면 역시 이유는 하나였다.

지난번 염혼경과 부딪쳤을 당시에 아무것도 못하고 철저하게 무너졌던 기억이 남아 있기 때문이었다.

그 처절했던 기억이 자신도 알지 못하는 사이에 사무진을 위축시키고 있는 셈이었다.

잠시 고민하던 사무진이 등에 걸려 있던 자운묵창을 꺼내

들며 입을 뗐다.

"그놈은 어떻게 됐어요?"

"네놈이 몰라서 묻는단 말이냐?"

"대충은 알죠. 그래도 목숨은 붙어서 멀쩡하게 돌아갔는데 왜 같이 오지 않았는가 해서요. 겁먹었나요?"

"공자님은… 단전이 파괴되셨다."

잔뜩 가라앉은 목소리로 꺼내는 염혼경의 대답을 듣고서 사무진이 고개를 갸웃했다.

"이상한데요."

"무엇이 이상하다는 말이냐?"

"몇 대밖에 안 때렸거든요. 그것도 단전 근처는 건드리지도 않았어요. 가슴을 얻어맞았는데 어떻게 단전이 파괴될 수가 있죠?"

정말 이해가 안 된다는 표정으로 사무진이 변명했지만 염혼경의 굳은 표정은 풀리지 않았다.

어떻게든 책임을 피하기 위해서 거짓말을 한다고 생각해서인지 오히려 뿜어내고 있던 살기가 짙어졌다.

"변명하지 마라."

"변명이 아니라……."

"어떤 변명을 꺼낸다 하더라도 네놈이, 그리고 마교가 여기서 끝난다는 사실은 변하지 않는다."

오연한 표정을 지은 채 이야기를 덧붙이는 염혼경을 보고

서 사무진도 고개를 끄덕이며 마지막으로 물었다.

"겁나지 않아요?"

"겁?"

"마교와 사이가 나빠지게 되었으니까."

"미친놈!"

더는 말을 섞을 가치도 없다고 생각해서인지 염혼경이 느닷없이 일장을 날렸다.

그리고 돌연 다가오는 장력을 느낀 사무진이 웃음을 지우고 얼굴을 굳혔다.

달랐다.

전에 사무진이 염혼경과 부딪쳤을 당시, 그가 날린 장력과 지금 날리고 있는 장력은 분명히 다르다는 느낌이 들 정도로 빠르면서도 은밀했다.

마주 일권을 날려 장력을 해소시킬 시간조차도 주지 않을 정도로 빠르게 다가오는 장력.

사무진은 알지 못했지만 염혼경의 독문무공인 혼원장력의 두 번째 초식인 혼원세류장이었다.

아무런 소리와 기척도 없기에 은밀한데다가 빠르기까지 해서 장력이 다가온다는 사실조차 눈치채지 못하고 당하는 자들이 대부분인 초식.

뒤로 물러나며 첫 번째 장력은 간신히 피해냈지만 염혼경의 본격적인 공세는 그때부터가 시작이었다.

염혼경이 양팔을 휘두를 때마다 쉴 새 없이 만들어진 장력들이 사무진의 움직임을 제약시키고 있었다.

하지만 사무진이 무명 노인에게 두드려 맞으면서 몸으로 익힌 천지미리보는 절기 중 절기였다.

곁에서 보기에는 금방이라도 장력에 격중될 것처럼 위태롭게 느껴졌지만 직접 천지미리보(天地迷離步)를 펼치고 있는 사무진은 어느 정도 여유까지 되찾고 있었다.

꿈틀.

좌로 반 보 움직이며 간발의 차로 또 하나의 장력을 흘린 사무진의 눈에 염혼경의 눈썹이 꿈틀하는 것이 보였다.

생각처럼 쉽게 끝나지 않는 승부에 흥분한 듯한 그를 보며, 사무진은 내력을 끌어올렸다.

우우웅.

진기가 주입되자 뭉툭한 쇠몽둥이에 불과했던 자운묵창이 부르르 떨리다가 날카로운 창두가 튀어나왔다.

예상치 못했던 변화에 놀란 듯 염혼경이 눈을 크게 뜰 때, 지금까지 피하는 데만 열중하고 있던 사무진이 공세로 전환했다.

"황룡출세!"

이번에도 황룡은 나오지 않았다.

어김없이 포악한 적룡이 모습을 드러냈다.

그리고 그 적룡이 거침없이 화염을 뿜어내는 것을 확인한 염혼경도 피하지 않고 마주 일장을 날렸다.

퍼엉.

적룡이 뿜어낸 화염과 염혼경이 휘두른 일장이 정면으로 충돌하며 엄청난 폭음이 터져 나왔다.

'역시!'

그 충돌 이후 사무진의 두 눈이 자신감으로 물들었다.

적룡이 뿜어내고 있는 화염의 기세가 충돌의 여파로 인해 주춤하기는 했지만 여전히 강력한 기세로 염혼경의 비어 있는 가슴으로 파고들고 있었다.

생각보다 쉽게 끝날지도 모르겠다는 생각과 함께 방심하고 있던 사무진의 머릿속에 맹렬한 경종이 울렸다.

'뭐지?'

퍼엉. 퍼엉.

조금 전처럼 엄청난 폭음은 아니었지만 폭음이 연속적으로 터져 나왔다.

그리고 그 폭음이 터져 나올 때마다 창을 움켜쥐고 있는 오른손을 통해 내부로 전해지고 있는 반탄력.

그 충격 때문일까.

성난 적룡이 거세게 용틀임을 했다.

그로 인해 잠시 시야가 가려졌던 사무진이 눈을 크게 떴다.

조금 전까지 눈앞에 보이던 염혼경의 신형이 일순 사라져 버렸다.

'어디로?'

염혼경이 보이지 않는 것에 당황한 사무진은 등 뒤가 아릿한 느낌을 받고서 납덩이처럼 얼굴이 굳어졌다.

본능적으로 공격을 거두고 신형을 빙글 돌리며 사무진이 자운묵창을 들지 않은 왼손을 앞으로 내밀었다.

그러나 사무진이 내지른 일권과 부딪치는 것은 아무것도 없었다.

"혼원중첩장!"

펑. 펑. 펑.

비어 있는 사무진의 가슴으로 파고든 염혼경의 장력.

그리고 그 장력은 연속으로 세 번이나 사무진의 가슴에 틀어박혔다.

쿵. 쿵. 쿵.

느릿하게 한 걸음씩 떼면서 다가오고 있는 육소균을 종리원이 날카로운 눈초리로 살피기 시작했다.

족히 삼백 근은 나갈 것 같은 비대한 몸뚱아리.

누군가에 의해 떠밀려서 넘어지기라도 하면 과연 혼자 힘으로 일어설 수나 있을까 싶을 정도로 비대한 몸뚱아리를 확인한 종리원의 시선이 이번에는 육소균이 들고 있는 병기로 향했다.

그런 종리원의 눈이 번뜩였다.

손에 들고 있는 창은 그럴듯했다.

길이는 사 척 오 푼.

현철로 만든 것처럼 보이는 장창은 웬만한 사람은 들고 다니는 것조차 버겁게 느껴질 정도로 무게가 나가 보였다.

한눈에 이름있는 장인이 만들었다는 사실을 알 수 있을 정도로 무척이나 좋은 창이었지만, 그 창을 어설프게 앞으로 내밀고 있는 것이 육소균이기 때문에 어울리지 않는다는 느낌이 들었다.

돼지 목에 걸린 진주라고 할까.

하지만 종리원은 경계를 늦추지 않았다.

그리고 기억 속을 뒤지기 시작했다.

강호에서 활동한 지 반백 년이 훌쩍 넘은 그였다.

현재의 강호에서 활동하고 있는 자들에 대한 정보뿐만 아니라 전대 고수들에 대한 정보도 그의 머릿속에는 모두 저장되어 있었다.

'현 강호에 이런 고수가 있다는 소식은 들어본 적이 없다. 그렇지만 새외의 고수 중에는 비대한 몸집을 가진 고수가 있었다.'

환희미륵존(歡喜彌勒尊).

종리원으로서도 직접 만나본 적은 없었고 소문으로 들었을 뿐이었다.

몸무게가 삼백 근이 넘었고 한 발자국을 움직이는 것조차 극도로 싫어했던 괴인이었지만 어느 누구도 그를 무시하지 못했다.

그리고 그 이유는 그의 무공 때문이었다.

그가 익힌 동자미륵공(童子彌勒功)은 독특한 무공이었다.

종리원으로서도 직접 경험해 본 적은 없었지만, 동자미륵공을 펼치는 그의 앞에서 삼 초식 이상을 버틴 상대가 없었다고 알려져 있었다.

물론 강호의 소문이란 과장이 되는 법이었다.

그런 만큼 그 소문에도 어느 정도 과장이 있을 터였지만, 수를 셀 수 없을 정도로 많은 고수들이 활동했던 새외에서도 환희미륵존이 세 손가락 안에 꼽혔던 고수라는 사실은 부인할 수 없는 것이었다.

'환희미륵존의 제자인가?'

조금은 긴장한 눈빛으로 육소균을 살피던 종리원이 이내 고개를 흔들었다. 동자미륵공은 병기를 사용하지 않았다.

그가 익힌 동자미륵공은 장법.

거기까지 생각이 미치자 종리원은 긴장을 풀었다.

"마교에는 어지간히 인물이 없는가 보군."

차가운 목소리로 종리원이 모욕적인 한마디를 던졌지만 육소균은 아무런 표정의 변화도 보이지 않았다.

떴는지 감았는지도 분별하기 어려운 실눈을 통해서는 아무리 종리원이라 하더라도 감정의 변화를 읽을 수 없었다.

그래서 더 이상 말로 상대하지 않고 종리원이 한 걸음 앞으로 내딛으며 애병(愛兵)인 묵호도(墨虎刀)를 휘둘렀다.

섬전처럼 빠르게 다가가고 있는 묵호도의 도신을 저 둔한 몸놀림으로 막을 수 있을 리가 없었다.

움찔.

도신이 다가오고 있다는 사실을 뒤늦게 깨달은 듯, 육소균이 비대한 몸뚱이를 움직이려 하는 것이 보였다.

하지만 경련을 일으키는 것처럼 보이는 그 느릿한 움직임으로 묵호도를 피할 수 있을 리가 없었다.

육소균은 피하는 것은 어렵다고 판단한 듯 어설프게 들고 있던 창을 움직이고 있었지만 이미 늦었다.

묵호도의 도신은 이미 육소균의 창을 지나쳐 옆구리 깊숙이 파고든 후였다.

'싱겁군!'

혹시나 하고 긴장했던 것이 무안해질 정도였다.

묵호도를 쥐고 있는 오른손에 전해지는 묵직한 느낌.

기대했던 묵직한 느낌이 전해지자 싱겁다는 느낌마저 들었다.

그리고 이대로 끝이라는 생각이 들어 묵호도를 회수하려던 종리원이 일순 움직임을 멈추었다.

'베지 못했다?'

만근 거석을 두부처럼 가볍게 베고 지나가는 묵호도.

그런데 지금 그가 오른손에 쥐고 있는 묵호도가 뭔가에 걸린 듯이 더 이상 앞으로 나아가지 않았다.

도병을 움켜쥔 오른손에 내력을 더했지만 여전히 꿈쩍도 하지 않는 묵호도를 회수하려는 종리원은 섬뜩한 느낌이 들었다.

가슴을 향해 있는 창두.

그 창두와 종리원 사이의 거리가 한참이나 떨어져 있다는 것을 확인했지만 섬뜩한 느낌은 사라지지 않았다.

슈아악.

"크흠!"

위험이 다가온다는 본능의 경고에 따라 재빨리 신형을 비틀었던 종리원의 입에서 침음성이 흘러나왔다.

"격공(擊功)!"

종리원의 어깨가 흔들렸다.

그런 그의 어깨에서 어느새 붉은 피가 새어 나오기 시작했다.

마지막 순간, 신형을 비틀었기에 치명상을 입는 것은 피했지만, 왼쪽 어깨가 붉게 물들어 있었다.

치명적이라고는 할 수 없지만 얕다고도 할 수 없는 상처에서 통증이 전해졌다.

그리고 어깨에서 전해지는 오래간만에 느끼는 짜릿한 통증이 다시 종리원의 긴장을 불러일으키게 만들었다.

조금 전 묵호도가 틀어박혔던 육소균의 옆구리를 살핀 종리원이 다시 한 번 침음성을 흘렸다.

옷자락은 베어져 넝마처럼 변해 있었지만, 희미한 생채기조차 남아 있지 않았다.

"아프네."

그리고 육소균이 창을 들지 않은 왼손으로 옆구리 어림을 슬쩍 만지며 태연한 목소리로 꺼내는 한마디를 들은 종리원이 방심을 버리고 전력을 다해 도를 휘둘렀다.

육소균의 움직임은 느렸다.

무공이란 것을 익히지 않은 보통 사람보다도 움직임이 느린 육소균이 종리원이 휘두르는 묵호도를 막거나 피해낼 수 있을 리가 없었다.

하지만 타격을 입지도 않았다.

뭔가 잘못된 것이라 생각하며 종리원은 몇 번씩이나 묵호도를 휘둘러 육소균의 전신을 두드렸지만, 묵호도의 날카로운 도신이 닿을 때마다 타격을 입은 듯 움찔하기는 했지만 결국 육소균의 두터운 가죽을 베어내지는 못했다.

슈아악.

그리고 기척도 없이 은밀하게 다가오는 무형의 기운을 신형을 비틀어 간발의 차로 피해낸 뒤 종리원의 두 눈에서는 강렬한 광망이 폭사되었다.

'호신강기(護身剛氣)?'

몇 번 더 경험하고서 확신할 수 있었다.

육소균의 호신강기가 도신을 막아내고 있다는 것을.

하지만 육소균이 만들어내고 있는 호신강기의 존재를 파악한 후에도 종리원의 두 눈에 당황한 빛은 떠오르지 않았다.

호신강기로 인해 베어내지 못한다고 해서 끝은 아니었다.

호신강기에는 한계가 있는 법이었다.

좀 더 강한 힘으로 두드리고 두드리다 보면 결국은 뚫리는 법이었다.

입술을 질끈 깨문 종리원이 내력을 묵호도의 도신으로 집중시키기 시작했다.

묵빛 도신에 어리는 아지랑이 같은 기운.

뭔가 심상치 않음을 느껴서일까.

육소균의 자그마한 실눈이 조금 커지는 것이 보였다.

그리고 그가 지금까지 보아온 중 가장 빠르게 창을 들어 올렸지만 이미 묵호도에 어려 있던 기운은 빠져나간 후였다.

묵뢰(墨雷).

벼락처럼 빠르고 강하다고 해서 묵뢰라 불리는 기운이 육소균이 비스듬히 들고 있는 창을 스치고 지나가 가슴에 꽂혔다.

퍼엉.

'호신강기가 깨졌다!'

엄청난 폭음이 터져 나왔다.

"끄어억."

고통스런 신음성을 토해내며 비대한 육소균의 신형이 충격을 감당하지 못하고 뒤로 물러나는 것을 확인한 종리원이 도병을 움켜쥐었다.

그리고 묵뢰의 엄청난 파괴력으로 인해서 호신강기가 깨진 육소균의 목숨을 끊어놓기 위해서 묵호도가 섬전처럼 파고들었다.

'끝이다!'

이제는 더 이상 어떤 변수도 존재하지 않는다고 종리원이 확신할 때, 육소균이 휘두른 창두에서 청룡이 모습을 드러냈다.

第三章
좌우호법

荷蘸乳蒸煎藥湯細賜至福佑東子王岫

至大改元四月佛浴道吉廣爲傳錄

日弟子趙孟頫敬書長座前弄

老君演此眞妙經竟西

共同
傳人
공동전인

"쿨럭."

바닥을 뒹굴던 사무진이 메마른 기침을 토해내며 간신히 몸을 일으켰다.

그리고 몸을 일으킨 후 오연한 표정으로 뒷짐을 지고 있는 염혼경을 확인하고서 얼굴을 찌푸렸다.

첫 번째 장력을 얻어맞을 때만 해도 견딜 만했다.

공력을 일으켜 보호했으니까.

하지만 두 번째와 세 번째 장력은 첫 번째 적중했던 장력과는 비교할 수 없을 정도로 강한 충격이 전해졌다.

한동안 숨조차 제대로 쉬지 못할 정도의 엄청난 충격.

입가로 흐르고 있는 피 내음을 맡으면서 사무진은 예전 염혼경과 처음으로 부딪쳤던 당시의 기억이 새삼 떠올랐다.

악몽 같은 기억.

그날의 염혼경은 꼭 오늘처럼 뒷짐을 진 채로 오연한 표정을 지은 채 허공을 응시하고 있었다.

그리고 당시의 사무진은 자신이 할 수 있었던 모든 것을 펼쳤지만, 통하는 것은 아무것도 없었다.

당혹감, 그리고 무력감.

어떤 것도 해보지 못하고 철저하게 무너지고 난 다음 느꼈던 그 처참한 심정은 이루 말할 수 없었다.

그로부터 약 삼 년의 시간이 흐르고 다시 만난 염혼경.

강해졌다고 생각했다.

아니, 그 당시와 비교해서 사무진이 강해진 것은 틀림없는 사실이었다.

그런데 상황은 조금도 변하지 않았다.

'내가 강해진 만큼 염혼경도 더 강해진 걸까?'

마치 거대한 벽과 마주하고 있는 느낌이 들었다.

죽을힘을 다해 넘으려 애써도 넘을 수 없는 벽이라는 생각이 들었다.

허공을 응시하고 있던 염혼경과 다시 시선이 마주친 순간, 갑자기 두려움이 밀려왔다.

아무리 시간이 흘러도 절대 나를 이길 수 없다고 말하고 있는 그 시선을 마주하자 피하고 싶었다.

"여전히 쓰레기로구나."

그래서 고개를 숙이는 사무진에게 염혼경이 던진 한마디가 들려왔다.

"역시 마교는 쓰레기에 불과했어. 대체 이공자는 어쩌다 이런 쓰레기에게 당했을까?"

이해할 수 없다는 표정으로 던지는 말을 듣자 가슴속 깊은 곳에서 뭔가가 울컥하며 올라왔다.

다시는 듣고 싶지 않았던 이야기.

이런 무시를 당하지 않기 위해 강해지려고 애썼다.

하루에도 몇 번씩이나 죽을 위기를 넘기면서도 무명 노인에게서 무공을 전수받은 것도 그 이유 때문이었는데.

이대로 당하고 있을 수는 없다는 분노와 아까부터 마음속을 채우고 있던 염혼경에 대한 두려움이 충돌했다.

'아무것도 통하지 않아!'

그리고 사무진의 마음속에서 맹렬하게 다투던 분노와 두려움 간의 싸움에서 이긴 것은 두려움이었다.

내상 때문인지 다리에서 힘이 빠져나갔다.

주저앉지 않기 위해서 두 다리에 억지로 힘을 주고 간신히 버티고 서 있던 사무진이 고개를 떨구는 순간, 무명 노인의 얼굴이 떠올랐다.

―겁 먹지 마라.

평소에 짓고 있던 어린아이 같은 웃음기를 지운 채 무명 노인은 소리치고 있었다.

천하제일인(天下第一人)이었던 내게 배웠는데 겨우 저딴 놈에게 겁을 먹어서야 되겠냐며 호통을 치고 있었다.

귓가를 쩌렁쩌렁하게 울리고 있는 그 호통 소리 때문일까.

사무진이 다시 고개를 들었다.

"이제 그만 끝내도록 하자."

그런 사무진의 눈에 더 이상 상대하는 것조차 귀찮다는 듯이 일장을 날리고 있는 염혼경의 모습이 들어왔다.

빠르게 다가오고 있는 장력.

물끄러미 장력이 다가오고 있는 것을 바라보고 있던 사무진이 뒤늦게 들어 올린 것은 자운묵창이 아니었다.

"그래. 어차피 칼에 급소를 찔리면 죽는 것은 마찬가지잖아."

혼잣말을 중얼거리며 사무진이 들어 올린 것은 왼손이었다.

"날아라!"

이미 내력을 운용하며 준비하고 있던 사무진의 검게 변색된 왼 손톱이 허공을 가르고 빠르게 날아갔다.

그리고 염혼경도 맹독이 묻어 있는 사무진의 왼 손톱이 날아오는 것을 보고 경시하지는 못했다.

슬쩍 한 걸음 뒤로 물러나며 고개를 젖혀 독수비공을 피해낼 때, 사무진의 자운묵창이 다시 한 번 적룡을 불러냈다.

멈칫하던 염혼경이 다시 장력을 펼치기도 전에 적룡이 뿜어내는 붉은 화염은 지척까지 접근해 있었다.

환영신보(幻影神步).

금방이라도 목덜미를 물어뜯을 기세로 접근하고 있는 적룡을 확인한 염혼경이 미간을 잔뜩 찌푸린 채 보법을 펼쳤다.

조금 전, 혼원중첩장을 날리며 만들어낸 순간의 틈을 이용해 사무진의 등을 점했던 신기에 가까운 움직임이 다시 한 번 펼쳐졌다.

그러나 이미 한 번 겪어보았던 움직임이었다.

처음에는 시야가 가려진 상황이라 당했지만 똑같은 움직임에 두 번씩이나 당할 정도로 사무진이 멍청하지는 않았다.

지나가는 개미의 똥구멍이 벌렁거리는 것까지 관찰할 정도로 예리한 사무진의 눈에 염혼경의 움직임이 포착되었다.

그리고 이번에는 사무진의 대응이 한 발 빨랐다.

염혼경이 점하려던 위치로 적룡의 화염이 먼저 도달했다.

우르릉.

피할 수 없다는 생각에 염혼경이 장력을 떨쳤지만 자운묵창의 창두가 마지막 순간, 방향을 바꾸었다.

슬쩍 방향을 바꾸어 적룡의 날카로운 이빨이 가슴의 급소를 노리고 파고들자, 염혼경의 두 눈이 크게 흔들렸다.

펼치고 있던 장력을 회수하며 뒤로 물러나야 하는지를 고민하던 염혼경이 이내 갈등을 멈추었다.

자신의 공격에 대한 믿음 때문일까.

염혼경은 도중에 공격을 멈추지 않았고, 그것은 사무진도 마찬가지였다.

퍼엉.

염혼경의 장력이 사무진의 가슴에 적중했다.

그와 동시에 자운묵창의 창두가 염혼경의 어깨에 틀어박혔다.

순식간에 이루어진 공방.

마치 약속이라도 한 듯 움직임을 멈춘 두 사람 중 먼저 움직인 것은 염혼경이었다.

목덜미에 닿아 있는 사무진의 왼손을 천천히 밀어내며 염혼경이 믿을 수 없다는 표정을 지었다.

"당했군."

"고수라고 해서 죽지 않는 것은 아니니까요."

"틀린 말은 아니로군."

쓸쓸한 웃음이 염혼경의 입가를 스치고 지나갔다.

"이런 잡기에 당할 줄은 꿈에도 몰랐군."

여전히 지금 처한 현실이 믿기지 않는 듯한 표정을 짓고 있는 염혼경에게 사무진이 고개를 흔들며 대답했다.

"임무성도 비슷한 말을 했었죠."

"……."

"누가 그러더군요. 강호에서는 강한 자가 살아남는 것이 아니라 살아남은 자가 강한 자라고."

"그런가?"

"그게 세상의 이치죠. 그러니 이제 그만 죽어요."

더 이상 버티기 힘든 듯 염혼경의 얼굴이 점점 상기되는 것을 바라보던 사무진이 등을 돌렸다.

그리고 독에 중독된 염혼경의 신형이 무너지는 것을 바라보는 대신 사무진은 육소균의 곁으로 다가갔다.

꾸르륵.

육소균의 창끝에서 만들어진 청룡이 기명을 토해냈다.

용음진세(龍音振世).

마치 비명을 토해내는 것 같은 용음은 묵호도를 휘두르는 종리원의 심령을 뒤흔들기에 충분했다.

하지만 종리원은 사도맹 서열 오위에 올라 있는 고수.

거침없이 휘두르던 도신이 잠시 주춤했지만, 끝까지 궤적을 유지했다.

휘청이며 뒤로 물러나던 육소균의 옆구리로 묵호도의 예리한 도신이 틀어박혔다.

그리고 이젠 정말 끝이라고 확신하고 있던 종리원의 얼굴이 다시 한 번 굳어졌다.

호신강기를 깨뜨렸다고 생각했던 것은 착각이었을까.

이번에도 역시 베이는 느낌이 없었다.

더구나 묵호도의 도신조차 꿈쩍하지 않았다.

도병을 움켜쥐고 있는 오른손에 힘을 주어 뽑아내 보려고 했지만 비대한 살집에 박힌 후 끼어버린 듯 묵호도는 옴짝달싹하지 않았다.

전혀 예상치 못한 상황에 백전노장인 종리원의 얼굴에도 당황한 빛이 떠오를 때, 입가를 붉은 피로 물들이고 있는 육소균이 히죽 웃는 모습이 들어왔다.

왠지 모르게 불길하게 느껴지는 웃음.

그 웃음을 마주한 종리원은 미련없이 묵호도를 포기하고 재빨리 뒤로 물러나며 육소균과의 거리를 벌렸다.

무림인의 기준으로 보았을 때 육소균이 움직이는 속도는 느림보라고 불러도 과언이 아니었다.

그래서 안도하고 있던 종리원의 눈이 커졌다.

좀 더 짙어진 웃음을 띠고 있는 육소균의 얼굴이 어느새 코앞까지 다가와 있었다.

비대한 몸집과는 전혀 어울리지 않는 믿을 수 없을 정도로 빠른 신법.

"피곤해!"

목을 꿰뚫어 버릴 기세로 다가오는 창두를 확인한 종리원이 고개를 뒤로 젖혀 간발의 차이로 흘려냈지만 안도하기는 일렀다.

전혀 예상치 못한 육소균의 움직임에 당황해서 무뎌진 움직임으로는 유려하기 그지없는 청룡의 움직임을 피해내기에 역부족이었다.

도저히 믿기지 않는 각도로 꺾인 창두가 종리원의 목덜미를 꿰뚫었다.

"그륵. 그르륵."

이 상황이 믿기지 않아서일까.

뭔가를 말하고 싶은 듯 종리원의 주름진 입매가 실룩였지만 성대가 상한 듯 말이 되어 새어 나오지는 않았다.

"그냥 곱게 죽지 왜 가뜩이나 무거운 몸을 움직이게 만들어?"

그런 종리원을 향해 짜증이 가득 담긴 한마디를 던진 육소균은 창을 회수할 생각도 하지 않고 그 자리에 주저앉아 버렸다.

그런 육소균의 곁으로 사무진이 다가와 털썩 주저앉았다.

"힘 좀 남았어요?"

"왜?"

"좀 도와줘야 하지 않을까요?"

사도맹의 무인들 틈에 혼자 뛰어들어서 사방으로 주먹을 휘두르고 있는 장하일을 바라보며 사무진이 말을 꺼냈지만 육소균은 고개를 흔들었다.

"귀찮아."

"하긴 보아하니 괜히 끼어들면 오히려 날 죽이려고 들 것 같긴 하네요."

눈이 새빨갛게 변한 채 마치 광인처럼 사방팔방으로 뛰어다니고 있는 장하일은 진정 즐거워 보였다.

그런 장하일을 바라보던 시선을 돌려 아직까지 육소균의 옆구리에 매달려 있는 묵호도를 힐끗 살피며 사무진이 물었다.

"안 아파요?"

"별로."

"처음 보는 방어법이네요."

"나만의 방어법이야."

"나도 가르쳐 주면 안 돼요?"

"살집이 두터워야만 할 수 있지. 한 번 박히면 빠져나올 수 없지. 두터운 살집들이 만 근의 압력으로 누르고 있거든."

"특이한 것이 이거 아무래도 유행할 것 같은데요. 구유신도 종리원을 무너뜨린 무적의 방어 초식이라고 강호에 소문이 나면 제자가 되고 싶어서 찾아오는 사람들이 한둘이 아니겠어요."

"제자 필요없어."

"그 사람들에게 황금 한 냥씩만 받아도 적지 않은 돈이겠는데요. 마교의 재정에 큰 보탬이 될 거니 좀 더 신중하게 생각해 봐요."

"싫어."

"누구 제자 아니랄까 봐 똥고집은."

육소균은 못 들은 척하고 있었지만 이쯤에서 포기할 사무진이 아니었다.

"청룡(靑龍)이네요."

"……?"

"난 적룡(赤龍)인데."

"그래서?"

"쌍룡전설(雙龍傳說) 어때요?"

"쌍룡전설?"

"적룡과 청룡. 두 마리의 용이 모습을 드러내면 천하에 어느 누구도 막을 수 없다. 우리 둘이 힘을 합해서 사도맹주를 죽이고 나면 모르긴 몰라도 강호에 난리가 날걸요. 이건 못해도 황금 열 냥. 한 백 명 정도만 제자로 만들어도 아마 평생 먹고살 걱정은 안 해도 될 것 같은데. 어떻게, 생각 없어요?"

"별로."

"왜요?"

"귀찮아."

심드렁한 표정으로 대꾸하는 육소균을 확인하고 사무진이 히죽 웃었다.

"아예 무명 노인까지 불러와서 무적의 삼룡전설(三龍傳說)로 할까요? 그렇게만 되면 무조건 대박일 것 같은데."

그리고 은근슬쩍 던진 말이 끝나자마자 조금 전까지 심드렁한 표정을 짓고 있던 육소균이 눈을 크게 떴다.

"그 영감은 싫어."

"왜요?"

"그 영감이 온다면 난 마교를 떠날 거야."

보기 드물게 단호하게 대꾸하는 육소균을 힐끗 살핀 사무진이 히죽 웃었다.

"알았어요. 무명 노인은 부르지 않을게요. 그나저나 슬슬 끝나가는 것 같네요."

"그럼 이제 밥 주나?"

"종리원도 이겼는데 당연히 줘야지요. 마교의 재정은 무척이나 튼튼한 편이에요."

"듣던 중 기쁜 소식이군."

"그럼 이제 마교가 마음에 든 거예요?"

"별로."

"분명히 좋아하게 될 거예요."

장하일이 마지막으로 남은 사도맹 무인의 목을 기이한 각도로 꺾어버리는 것을 보며 사무진이 육소균의 어깨를 두드렸다.

기분 나쁜 느낌이 드는 축축한 공기.

갖가지 약재 향이 뒤섞인 동혈 안에 가부좌를 틀고 앉아 운기를 하던 사내의 손이 느릿하게 들렸다.

그리고 앞으로 내민 손바닥에서 빠져나온 미풍 같은 장력이 사내가 앉아 있던 곳에서 삼 장이나 떨어진 곳에 위치한 바위에 닿았다.

번쩍.

그 순간, 운기를 마친 사내가 눈을 뜨자 흰자위 대신 온통 묵빛으로 물들어 있는 두 눈이 드러났다.

그 눈에서 뿜어지는 사이한 기운.

인간에게서 흘러나올 수 있는 기운이 아니었다.

악마만이 뿜어낼 수 있을 듯한 사이한 기운이 동혈 안에 퍼져 나갈 때, 호원상이 무심한 눈으로 동혈 안으로 걸어 들어왔다.

푸스스.

동혈 안을 감싸고 있는 사이한 기운 따위에는 전혀 영향을 받지 않는 듯, 거침없이 걸어온 호원상은 조금 전 장력이 닿았던 바위로 손을 가져갔다.

그리고 아무런 힘도 주지 않고 슬쩍 건드렸을 뿐인데도 바위는 잘게 갈라진 채 무너져 내렸다.

그것을 확인한 호원상의 입가로 희미한 웃음이 떠올랐다가 금세 자취를 감추었다.

"혈유무극단공(血流無極斷功)이 오성에 이르렀구나."

"오셨습니까?"

"성취가 느리다고 할 수는 없으나 결코 빠르다고 할 수도 없다."

질책이 담긴 호원상의 목소리를 듣고서 호중경이 고개를 숙였다.

"더욱 노력하겠습니다. 무슨 일로 찾으셨습니까?"

단전이 파괴되어 무인으로서의 생명이 끝났다는 소문이 돌고 있는 호중경이었지만, 지금 그는 너무나 멀쩡한 모습이었다.

아니, 오히려 이전보다 더욱 강해진 듯 보였다.

그것은 소림의 대환단에 버금가는 영약이라고 알려진 흑유단을 복용했기 때문이었다.

그리고 호중경이 단전이 파괴되지 않았다는 것을 알고 있는 이는 천하에 단 세 사람뿐이었다.

호중경 본인과 귀면신의, 그리고 호원상.

"전해줄 말이 있다."

"말씀하십시오."

"생사판 염혼경과 구유신도 종리원이 죽었다."

호중경의 입가에 희미하게 맴돌고 있던 웃음이 사라졌다.

그리고 그에게서 진득한 살기가 뿜어져 나왔다.

염혼경과 종리원은 그 누구보다 그와 마음이 맞고 뜻이 통했던 인물들이었다.

그런 그들이 갑자기 죽었다는 이야기를 듣자 둔기로 머리를 얻어맞은 것 같은 커다란 충격이 전해졌다.

"사실입니까?"

"그래."

"대체 누구의 짓입니까?"

"누구의 짓일 것 같으냐?"

그래서 그 흉수를 물었지만 호원상은 직접 답을 해주지 않았다.

조용히 기다렸다.

자신이 스스로 대답을 찾아내기를 기다리고 있는 호원상을 바라보던 호중경이 생각에 잠겼다.

생사판 염혼경과 구유신도 종리원은 누구나 인정할 수밖에 없는 엄청난 고수들.

가장 먼저 떠오른 것은 사무진이라는 놈의 얼굴이었다.

'복수!'

아까도 말했지만 호중경이 단전이 파괴되지 않았다는 사실을 아는 것은 오직 세 사람뿐이었다.

염혼경과 종리원조차도 호중경의 단전이 파괴되어 무인으로서의 생명이 끝났다고 알고 있었다.

그리고 그 사실을 듣고서 가만히 있을 그들이 아니었다.

하지만 이해가 가지 않는 점이 있었다.

사무진이라는 놈의 실력이 이전에 비해 일취월장한 것은 사실이었지만, 상대는 염혼경과 종리원이었다.

'사무진이라는 놈이 아무리 강해졌다고 해도 가능한 일이 아니다.'

거기까지 생각이 미치자 호중경은 생각의 방향을 바꾸었다.

"독에 당했습니까?"

"그런 듯 보인다."

"그럼… 혹시 형님의 짓입니까?"

"그럴 수도 있고, 아닐 수도 있지."

긍정도 부정도 아닌 애매모호한 대답.

좀 더 설명을 원한다는 호중경의 눈빛을 확인한 호원상이 천천히 입을 뗐다.

"염 장로와 종리 장로의 실력에 대해서는 더 말할 필요가 없겠지. 그리고 그들의 성정에 대해서도 마찬가지일 것이다. 네가 단전이 파괴되어 범인만도 못하게 되었다는 소문이 돈다 하더라도 직접 두 눈으로 확인하기 전에는 어떤 유혹이 있더라도 절대 마음이 변치 않을 자들이다."

"……."

"그 말인 즉, 누군가에게는 계륵 같은 존재가 아니었을까? 확실한 것은 그들은 네 복수를 하기 위해 떠났다가 죽었다."

호중경의 머릿속이 환해졌다.

단전이 파괴되어 무인으로서의 삶이 끝났다는 소식을 듣고 가장 기뻐했을 이가 누구인지를 생각하면 뻔히 답이 나왔다.

그 소식을 듣고서 가장 먼저 염혼경과 종리원의 마음을 얻으려 했을 테지만 그들을 만난 후 형은 눈치챘을 것이다.

그들의 마음을 얻는 것이 어렵다는 사실을.

그리고 결국 그들의 마음을 얻지 못할 바에야 죽이는 것이 낫다는 결론에 도달하지 않았을까.

"알아냈느냐?"

"짐작은 갑니다."

"그럼 됐다. 나는 가만히 지켜볼 생각이다."

차분하게 가라앉은 눈빛.

그 사이로 순간적으로 일렁이는 기광을 바라보며 호중경이 침을 꿀꺽 삼켰다.

강자존.

그리고 약육강식.

지금 호원상이 꺼낸 말의 뜻은 이것이었다.

비정하게 느껴졌지만 사도맹의 맹주인 호원상의 자식으로 태어났기에 받아들여야만 하는 운명이었다.

"네 생각에는 우리 사도맹이 강호를 장악하는 것이 가능하리라 생각하느냐?"

고개를 숙인 채 입술을 깨물고 있던 호중경이 갑작스런 질문을 받고서 다시 고개를 들었다.

"어렵다고 생각합니다."

"어렵다? 이유는?"

"가진 힘이 어느 한쪽으로 기울지 않고 균형을 이루고 있기 때문입니다."

잠시 생각하던 호중경의 대답을 듣고서 호원상이 만족스런 미소를 지었다.

"내 생각과 다르구나."

"그렇습니까?"

"나는 가능하다고 생각한다. 그러나 네 말대로 지금은 힘이 균형을 이루고 있는 상황이라 어렵지."

"……?"

"내 대에서는 어렵겠지만 그다음 대에는 가능할 것이라 믿는다."

담담한 호원상의 이야기를 듣던 호중경의 눈빛이 강렬해졌다.

"그게 내가 존재하는 이유이지."

그리고 한마디를 덧붙이는 호원상을 보던 호중경은 가슴이 뛰기 시작했다.

강호일통(江湖一統)이라는 꿈!

"우선은 팽팽한 힘의 균형을 무너뜨리는 것부터 시작할 생각이다."

누구도 이루지 못한 꿈을 꿀 수 있다는 것만으로도 자신은 운이 좋은 사람이라는 생각에 희미하게 웃고 있는 호중경을 바라보며 호원상도 환하게 마주 웃었다.

"그리고 그 일계(一計)는 마성장에서부터 시작된다. 기대하거라."

심 노인은 똥배짱만 있는 것이 아니라 통도 컸다.

이렇게 기쁜 일이 있는데 이대로 그냥 넘어갈 수는 없다고 며칠 전부터 소리치던 심 노인은 결국 항주에서 가장 크고 유명한 객잔 중 하나인 불하루의 삼층을 하루 동안 통째로 빌려 버렸다.

족히 백 명 정도는 수용할 수 있는 넓은 불하루의 삼층.

노환으로 인해 거동이 불편한 몇 명의 마교도를 제외하고 마교의 핵심 인물들은 풍광이 좋기로 소문이 난 불하루의 삼층에 자리를 잡았다.

하지만 그 수가 많지는 않았다.

거의 마교의 전부라고 할 수 있는 인물들이 모두 모였음에도 불구하고 채 스물이 넘지 않았으니까.

그리고 음식을 준비하기 위해 숙수들이 바쁘게 움직이는 틈을 타서 사무진이 새로이 마교도가 된 육소균과 장하일을 소개했다.

"자, 먼저 이쪽이 이번에 새로 마교에 입교한 장하일 장로예요. 얼마 전까지 소림사에서 양심당주라는 직책을 맡았지만 그다지 적성에 맞지 않아서 줄곧 고민하시다가 우리 마교로 오셨죠."

"그럼 소림의 승려였습니까?"

아직도 살심이 완전히 가라앉지 않은 걸까.

두 눈을 여전히 빨갛게 물들이고 은연중에 살기를 뿜어내고 있는 장하일을 흥미롭게 바라보던 심 노인이 참지 못하고 물었다.

"왜요? 소림의 승려면 마교에 들어오면 안 돼요?"

"그럴 리가 있습니까? 저희 마교는 개방적인 곳입니다. 과거가 어땠는지는 전혀 상관하지 않습니다."

"참, 하나 더 알려준다면 천살성(天殺星)의 기운을 타고난 분이세요."

흠칫.

기분이 좋은 듯 싱글벙글 웃고 있던 심 노인이 놀란 표정을 지었다.

그리고 그것은 심 노인을 제외한 다른 인물도 마찬가지였다.

"정말입니까?"

"토끼처럼 눈이 빨간 것 보면 몰라요. 지금도 누구를 죽이고 싶어서 손이 근질근질한데 억지로 참고 있을 거예요."

"설마?"

그 말을 듣고서 심 노인의 목소리가 살짝 떨리기 시작했다.

그 이유가 무엇 때문인지 눈치채지 못할 리가 없는 사무진이 히죽 웃으며 한마디를 보냈다.

"설마 같은 마교도를 죽이기야 하겠어요. 괜히 쓸데없이 신경을 긁지만 않는다면 죽이지는 않을 거예요."

사무진은 별것 아니라는 듯이 이야기를 꺼냈지만 듣는 이들은 그렇지 않았다.

천살성을 타고난 자의 살기가 얼마나 강한지를 알고 있기에 모두들 잔뜩 긴장한 표정을 짓고 있을 때, 사무진이 이번에는 육소균을 소개했다.

"다음으로 이쪽에 계신 분은 역시 이번에 마교에 입교하는 육소균 장로예요. 얼마 전까지 녹림칠십이채 중 한 곳인 흑산채에 계셨던 분이죠."

"그럼 흑산채의 채주였습니까?"

"채주는 아니고."

"그럼 부채주였습니까?"

"부채주도 아니고."

"그럼 무슨 직책을 맡았습니까?"

"어떻게 말하면 좋을까? 그래요. 그냥 흑산채에서 공밥을 먹었던 사람이라고 표현하는 것이 가장 적당하겠네요."

사무진의 소개는 지나칠 정도로 적나라했지만, 정작 육소균은 별로 기분 나쁜 기색이 아니었다. 눈을 감았는지 떴는지 제대로 구분이 안 가는 육소균의 얼굴을 모두가 뚫어져라 바라볼 때, 한쪽 구석에 앉아 있던 마도삼기 중 장경이 가라앉은 목소리로 입을 열었다.

"이의가 있습니다."

"뭔데요?"

"교주님께서는 설마 저들에게 마교의 장로 직을 주실 생각입니까?"

"그럴 생각인데요."

"대체 왜 그런 결심을 하신 겁니까?"

"그야 능력이 있잖아요."

"하지만……."

"설마 질투하는 거예요? 능력도 없으면서."

장경의 표정이 참혹하게 일그러졌다.

"인사해요. 우리 마교의 영구 문지기들이에요."

그리고 사무진이 마도삼기를 가리키며 인사를 나누라고 했지만 장하일과 육소균은 관심도 가지지 않았다.

그것을 확인하고 마도삼기의 얼굴이 더욱 붉게 상기될 때, 지금까지 조용히 앉아 있던 심 노인이 나섰다.

"교주님, 재고해 주십시오."

"심 노인까지 왜 그래요?"

"그게……."

"왜요? 능력도 없는 우리 영구 문지기들이 또 전음으로 협박이라도 했어요?"

"그것이 아니라 저희 마교에도 규율이라는 것이 있습니다. 장로라는 직책에 오르려면 그에 걸맞은 능력과 공헌이 있어야 합니다."

심 노인이 주섬주섬 대답을 꺼냈다.

그리고 그 대답을 들은 사무진이 뚱한 표정을 지었다.

"그래요?"

"적어도 일 년은 두고 보며 능력을 확인하고 마교에 공헌하는 것을 살펴본 뒤에 장로 직을 주는 것이 어떻겠습니까?"

혹시나 천살성을 타고난 장하일의 기분이 상한 것은 아닐까 눈치를 살피며 심 노인이 제안했다.

그러나 심 노인의 우려와 달리 장하일과 육소균 모두 전혀 신경 쓰지 않았다.

마치 자신들과는 아무 상관 없다는 듯이 앉아 있는 두 사람을 힐끗 살핀 사무진이 심 노인에게 물었다.

"그럼 장로 대신 어떤 직책을 줄까요?"

"그야… 쟁자수 정도."

냉큼 대답하는 심 노인을 바라보던 사무진이 충고했다.

"심 노인이 아직 실감을 못하나 보네요."

"무슨 말씀이신지?"

"진짜 천살성을 타고났어요."

"그럼?"

"성격이 무지 급해요. 마음에 들지 않으면 내가 말릴 새도 없이 심 노인을 죽일지도 모르죠."

깜짝 놀란 심 노인이 슬그머니 장하일에게로 고개를 돌렸다가 급히 숨을 들이켰다.

두 눈이 붉게 충혈된 장하일과 시선을 마주치고 깜짝 놀라 고개를 푹 숙인 심 노인이 서둘러 정정했다.

"흐읍. 제가 말이 헛나왔나 봅니다. 아무래도 쟁자수를 맡기에는 아까운 인재들이니 호법을 맡기는 것이 좋겠습니다."

"호법요?"

"그렇습니다. 저희 마교의 좌우호법(左右護法)입니다. 그만한 실력이 있으니 교주님을 잘 보필할 겁니다."

가볍게 고개를 끄덕인 사무진이 육소균에게 넌지시 물었다.

"장로는 안 된다는데. 호법도 괜찮아요?"

"상관없다."

"정말이죠? 나중에 딴소리하면 안 돼요."

"때맞춰 밥만 주면 장로든 호법이든 상관없다."

심드렁한 육소균의 대답을 듣고서 사무진이 이번에는 장하일에게로 고개를 돌렸다.

"들었죠? 호법도 괜찮아요."

"많이 싸울 수만 있다면 장로든 호법이든 상관없다."

장하일도 지체없이 대답했다.

그런 그가 슬쩍 심 노인을 노려보았다.

"그런데 저 노인은 누구냐?"

"심 노인은 우리 마교의 장로예요."

"장로?"

"그런데 그건 왜 물어요?"

"마교의 장로라… 특이한 자군."

"특이하긴 하죠. 알고 보면 재밌기도 해요."

"마교의 장로라면 강한가? 한 번 손속을 섞어보고 싶은데."

슬그머니 자리에서 일어나는 장하일을 보고서 심 노인이 기겁했다.

"교주님, 어서 말려주십시오."

"아까 그랬잖아요. 나도 못 말린다고."

"그런 무책임한 말씀이 어디 있습니까?"

백지장처럼 창백하게 안색이 변한 채 심 노인이 애원하듯 소리쳤지만 사무진은 느긋하게 다가가 심 노인의 귓가에 속삭였다.

"이왕 이렇게 된 거 마교의 장로의 실력을 보여줘요."

"하지만 마땅히 보여줄 것이 없다는 것을 교주님도 아시지 않습니까?"

"무림맹주 앞에서 막말을 하던 그 당당한 기개를 보여주면 되잖아요."

"그렇지만… 그랬다가 저자가 절 죽이기라도 하면 어떻게
합니까?"

"팔자죠."

"교주님, 너무하신 것 아닙니까?"

"마교의 장로가 죽음을 두려워해서야 되겠어요?"

사색으로 변한 심 노인에게 싱긋 웃음을 지어준 사무진이
앞에 놓인 찻잔을 들어 올릴 때, 쿵 하는 소리와 함께 굳게 닫
혀 있던 불하루의 삼층 문이 열렸다.

그리고 그 열린 문을 통해 못마땅한 표정을 지은 청년을 선
두로 각기 다른 복장의 남녀들이 오만한 표정을 지은 채 들어
섰다.

갓 약관을 넘긴 것처럼 보이는 자들의 허리에는 화려하기
그지없는 검과 도 같은 병기들이 걸려 있어 무인이라는 사실
을 알 수 있었다.

기세도 등등하게 들어서는 이들을 바라보던 사무진이 심
노인에게 물었다.

"쟤들은 누구예요?"

"글쎄요."

"여기 우리가 오늘 전세 낸 것 아니었어요?"

"물론입니다. 제가 처리할 테니 맡겨주십시오."

사무진과 심 노인이 이야기를 나누는 사이에도 점점 더 눈

이 붉게 충혈되고 있는 장하일이 다가오고 있었다.

그것을 확인하고서 후들거리는 다리로 간신히 버티고 서 있던 심 노인이 기다렸다는 듯이 소리쳤다.

"감히 이곳이 어디라고 기어올라 오느냐? 당장 내려가지 않는다면 네놈들의 다리를 분질러 버리겠다."

장하일 앞에서는 기도 펴지 못하던 심 노인이 우렁찬 목소리로 소리를 질렀다.

"공자님, 이러시면 안 됩니다."

불하루의 총관을 맡고 있는 허성만이 팔을 붙잡고 만류하는 것을 바라보던 남궁중천이 못마땅한 표정을 지었다.

자신이 누구인가?

그 유명한 천하오대세가 중 한 곳인 남궁세가의 소가주였다.

게다가 그는 오늘 혼자가 아니었다.

지금 그와 함께 불하루를 찾은 이들은 모두 강호의 후기지수로 주목을 받고 있는 인물들이었다.

일행 중 가장 나이가 많고 강호 경험이 풍부한 편이라 은연중에 일행을 이끌고 있던 남궁중천은 이 년 전 불하루에 들렀던 적이 있었다.

항주의 명물로 알려져 있던 불하루는 소문답게 근사한 풍광과 깔끔하고 정갈한 음식 맛으로 그의 뇌리 속에 깊이 남왔다.

그래서 일행을 이끌고 저녁 식사를 하기 위해 불하루를 찾아 삼층 자리를 요구했건만, 불하루의 총관은 거절했다.

"저희 불하루를 잊지 않고 이렇게 다시 찾아주신 것은 정말 감사드립니다만 삼층은 자리가 없습니다. 이층 창가 자리로 안내해 드리겠습니다."

얼굴 가득 미안한 표정을 지은 채, 허 총관이 변명을 꺼내는 것을 보고 잠시 마음이 약해졌지만 남궁중천은 고운 아미를 살짝 찡그리고 있는 모용린을 확인하고서 다시 마음을 바꾸었다.

그는 모용린에게 호감이 있었고, 그녀가 실망한 듯한 기색을 보이고 있는 것을 확인하자 불쑥 화가 치밀었다.

"지금 총관은 남궁세가를 무시하는 것인가?"

"그럴 리가 있습니까? 제가 어찌 남궁세가를 무시할 수 있겠습니까?"

희끗희끗하게 센 머리카락.

반백의 머리를 몇 번씩이나 숙이며 양해를 구하는 허 총관의 모습은 안쓰럽게 느껴질 정도였지만 남궁중천은 이미 결심을 굳힌 후였다.

그리고 그는 갖고 싶은 것은 무슨 수를 써서라도 얻어야만 직성이 풀리는 성미였다.

"그렇다면 어서 삼층으로 우리를 안내하게."

"몇 번이나 말씀드렸듯이 저희 불하루의 삼층은 오늘 하루 통째로 예약이 끝난 상황입니다. 이미 예약하신 손님들이 오셔서 식사를 하고 계십니다."

난감한 표정을 지은 채 계속해서 허리를 굽실거리고 있었지만 허 총관은 끝까지 안 된다는 말을 꺼내고 있었다.

어쩌면 그것이 당연한 일이었지만 남궁중천은 억지를 부렸다.

"대체 그자들이 누구란 말인가?"

"그것까지는 저도 알지 못합니다."

"흥. 대체 그자들이 누군지 내가 직접 확인하고 사정을 설명할 테니 총관은 더 이상 막지 말고 비키도록 하게."

더 이상은 상대하지 않겠다는 말을 남긴 채, 남궁중천이 허 총관을 지나쳐 성큼성큼 걸음을 옮겼다.

그 걸음을 막기 위해 총관이 남궁중천의 바짓가랑이를 붙잡고 늘어졌지만 막기에는 역부족이었다.

쿠당탕.

남궁중천이 슬쩍 발을 떨치자 허 총관의 신형이 밀려나 바닥을 뒹굴었다.

그리고 허 총관은 계단에서 굴러떨어지는 도중, 허리를 삐끗한 듯 쉽게 일어나지 못했다.

더 이상 막을 자가 없자 남궁중천이 선두에 서서 성큼성큼 불하루의 삼층 객잔으로 올라갔다.

거칠게 문을 열고 안으로 들어선 남궁중천의 눈에 가운데의 커다란 탁자에 둘러앉아 있는 이들이 보였다.

모두 열다섯 정도.

약 백여 명 정도를 수용할 수 있는 불하루의 삼층 객잔임을 감안한다면 생각보다 훨씬 적은 수였다.

게다가 행색조차도 초라했다.

뭐랄까.

뭔가 없어 보이는 느낌이 든다고 하는 것이 적당한 표현이었다.

그리고 구성원들도 각양각색(各樣各色)이었다.

파계승(破戒僧)처럼 보이는 중.

과연 혼자서 제대로 걸어다니기는 할까 싶을 정도로 비대한 몸집의 중년인.

툭 하고 건드리면 뼈마디가 부셔져 버릴 것처럼 앙상하게 마른 노인까지.

절대 한자리에 모일 이유가 없어 보이는 자들을 보며 남궁중천이 잠시 고개를 갸웃할 때였다.

"감히 이곳이 어디라고 기어올라 오느냐? 당장 내려가지 않는다면 네놈들의 다리를 분질러 버리겠다."

카랑카랑한 목소리로 소리를 지르고 있는 노인을 보고서 남궁중천은 기가 막힌 표정을 지었다.

당장에 달려가서 감히 이런 망발을 한 것에 대한 대가를 치르게 해주고 싶었지만 그는 억지로 흥분을 가라앉혔다.

하지만 그는 긴장을 늦추지는 않았다.

'혹시 기인이사(奇人異士)가 아닐까?'

강호에 존재하는 수많은 기인이사들.

아버지께서 강호에는 기인이사들이 모래알처럼 많으니 함부로 경거망동하지 말라는 말씀을 하시던 것이 떠올랐다.

물론 실력을 드러내지 않고 은거하고 있는 기인이사들을 일개 객잔에서 만나는 것이 흔한 일은 결코 아니지만 불가능한 것도 아니었다.

게다가 결정적으로 노인은 너무 당당했다.

그래서 단순한 허풍처럼 느껴지지 않았다.

지금 저 볼품없는 노인에게서 풍기는 자신감은 뭔가 감춰진 실력이 있거나 대단한 배경이 뒤에 있는 사람만이 보일 수 있는 것이었다.

"존성대명이 어떻게 되십니까?"

그래서 남궁중천은 최대한 예의를 갖추었다.

그리고 조심스레 던진 질문에 노인이 대꾸했다.

"존성대명(尊姓大名)? 이름 말이냐? 심두홍이다."

'심두홍이라?'

그 이름을 듣고서 남궁중천이 즉시 머릿속 기억을 헤집기 시작했다.

하지만 그의 기억 속에 남아 있는 전대 고수들과 기인이사들의 이름을 아무리 떠올려 보아도 심두홍이란 이름은 없었다.

그렇다면 조금 전 감히 자신에게 망발을 늘어놓았던 것은 이름도 없는 일개 노인에 불과하다는 뜻이었다.

화가 치밀어 올랐지만 남궁중천은 이번에도 간신히 눌러 참으며 질문했다.

"혹시 별호는 없으십니까?"

만약 그의 생각대로 은거기인이라면 별호가 없지는 않을 터였고, 그래서 마지막 확인을 겸해 던진 질문을 듣고 당황하는 노인의 모습이 보였다.

"별호?"

"네, 별호 말입니다."

"이걸 별호라고 불러도 되는 건가? 뭐 어쨌든 밝히기가 좀 그런데… 그래도 굳이 알고 싶다니 알려주도록 하지."

"……?"

"구두쇠라네."

"구두쇠라면?"

"구두쇠 심 노인이라고 하면 항주 바닥에서 모르는 이가 없었지."

뒷짐을 진 채 '구두쇠'라는 말도 안 되는 별호를 꺼내놓고서 의기양양한 표정을 짓고 있는 노인을 보며 남궁중천은 참지 못하고 픽 하고 실소를 터뜨렸다.

혹시나 했던 걱정은 역시 괜한 기우에 불과했다.

저 노인은 무공이라고는 전혀 모르는 돈이 조금 많은 촌노에 불과했다.

그리고 그것을 확인한 이상 억지로 화를 참을 필요는 없었다.

"나는 남궁중천이다."

"……?"

"남궁세가의 소가주로 강호에서는 옥면신협(玉面神俠)이라 불리지."

더 이상 저 촌노의 이야기를 들어줄 필요가 없다고 여기고 남궁중천이 자신의 정체를 밝혔다.

그리고 역시 자신의 기대대로였다.

남궁세가라는 배경.

거기에 더해 가장 촉망받는 후기지수로서 그동안 쌓아온 남궁중천의 명성은 이들을 놀라게 하기에 충분하고도 남았다.

너무 놀라서일까.

말도 꺼내지 못하고 있는 이들을 바라보던 남궁중천이 어깨에 힘을 주었다.

"이곳에서 식사를 할 예정이니 썩 자리를 비키거라!"

그리고 여유롭게 뒷짐을 진 채 한마디를 덧붙이고 스스로 자리를 비우기를 기다릴 때 노인이 소리를 질렀다.

　"아직 어린놈의 새끼가 건방지게 말이 반 토막이구나. 어떻게 네놈의 헛바닥도 반 토막을 내줄까?"

第四章

오룡이봉(五龍二鳳)

荷蘇乳蒸菹棄湯細賜其福佑革于
至大改元四月佛浴道音廣為傳行
日弟子趙孟順敬書長座前乎
老君演此真妙經竟

共同
傳人
공동전인

싸늘한 적막이 흐르는 장내.

소리를 질러서 분위기를 싸늘하게 만들어놓은 장본인인 심 노인은 여유롭게 뒷짐을 지고 모른 척하고 있었다.

그리고 너무 어이가 없어서일까?

아무런 대꾸도 하지 못하는 남궁중천의 얼굴은 점점 붉게 상기되어 가고 있었다.

홀짝홀짝 엽차를 마시면서 그 모습을 살피던 사무진이 머리를 긁적였다.

예전에 무림맹주 앞에서 저렇게 소리를 지를 때만 해도 사무진도 심장이 덜컥 내려앉을 정도로 놀랐었지만 이제는 아니었다.

뭐, 자주 겪다 보니 그다지 새삼스럽지도 않았다.

더구나 이제는 경험이 자꾸 쌓이다 보니 이 난감한 분위기를 어떻게 해결해야 하는지도 깨달았다.

"정신이 오락가락해요."

"……."

"그냥 한 귀로 듣고 한 귀로 흘려요."

그제야 심 노인의 망언이 이해가 간 듯 남궁중천의 상기된 얼굴이 본색을 되찾는 것을 살피던 사무진이 호기심을 드러냈다.

"근데 왜 여기서 굳이 식사를 하려고 해요? 이층에도 빈자리는 많은데."

"풍광이 좋기 때문이다."

"아, 물론 삼층 창가 자리에서 보는 풍광이 괜찮기는 하지만 이층의 창가 자리에서도 바깥 풍광은 다 보이는데."

"이곳이 가장 풍광이 좋기 때문이다. 더구나 이층에는 어중이떠중이들이 많아 소란스러워 이야기를 하는 데 방해가 된다. 강호에서 오룡이봉(五龍二鳳)이라 불리는 우리들이 그런 소란스러운 곳에서 식사를 할 수는 없다."

사무진 일행이 이곳에서 자리를 비우는 것이 당연하다는 듯이 이야기하고 있는 남궁중천이 말을 마치며 슬쩍 고개를 돌렸다.

그리고 그런 그의 시선이 향한 곳을 따라간 사무진의 눈에
보인 것은 꽤나 아름다운 여인이었다.

눈꼬리가 살짝 올라간 것이 흠이었지만, 워낙에 아름다운
얼굴로 인해 흠이라고 느껴지지 않는 여인.

그 여인이 살짝 눈웃음을 짓자 남궁중천의 얼굴에 흡족한
빛이 떠오르는 것까지 확인하고서 사무진이 고개를 슬쩍 좌
로 기울였다.

그리고 남궁중천은 몰랐지만 고개를 좌로 기울이는 것은
사무진의 기분이 상하기 시작했을 때의 습관이었다.

"하나만 더요. 아까 남궁세가의 소가주라 그랬던 것 같은
데, 남궁세가라면 안휘성에 있는 걸로 알고 있는데 항주까지
는 어쩐 일이죠?"

"중요한 일을 하기 위해 찾아왔지."

"그러니까 그 중요한 일이 뭔가 물어보는 건데?"

남궁중천이 무심코 대답하려다가 미간을 찌푸렸다.

"그보다 그 눈썹은……."

사무진의 눈썹을 가리키며 남궁중천이 못마땅한 표정을
지었다.

"아, 이게 요즘 유행이죠."

"흥, 유행은 무슨."

"진짜예요. 마교가 자리잡고 있는 항주에서는 대유행이에
요."

"미친놈들. 마교 교주의 눈썹이 붉다는 이야기를 듣고 정신 나간 놈들이 따라 한다는 이야기는 들었지만 실제로 보게 될 줄은 몰랐군."

"나름 멋있지 않아요?"

"촌스럽기 그지없군."

혀를 끌끌 차며 꺼낸 남궁중천의 대꾸를 듣고서 사무진은 겉으로 내색하지는 않았지만 빈정이 상했다.

게다가 남궁중천과 함께 온 일행이 일제히 웃음을 터뜨리는 것을 확인하자 슬슬 화가 나기 시작했다.

하지만 남궁중천은 눈치없이 시비를 걸기 시작했다.

"그보다 이제 내가 누군지 알았으니 썩 물러가라."

호감을 가지고 있는 모용린에게 멋있게 보이기 위해서인지 손가락을 까딱거리는 것을 보던 사무진이 뚱한 표정으로 심 노인에게 물었다.

"남궁세가가 그렇게 대단해요?"

"별것 아닙니다."

"그래요?"

"뭐, 예전에는 잘 나갔던 적이 있었지만 요즘에는 망하기 일보 직전이라고 들었습니다."

무림맹도 별것이 아니라고 말하는 심 노인이었다.

그러니 남궁세가에 대한 평가가 박한 것도 당연한 일이었다.

하지만 코앞에서 자신의 가문인 남궁세가에 대한 박한 평가를 들은 남궁중천의 기분이 좋을 리가 없었다.

"감히 남궁세가를 모욕하고도 살기를 바라는 것은 아니겠지?"

채앵.

더는 참지 못하고 남궁중천이 검집에서 검을 뽑아냈다.

"사악한 마교의 무리들이 재건했다는 소식을 듣고 의분을 참지 못하고 처단하려고 항주까지 찾아왔지만 우선은 네놈들을 먼저 처단해야겠다. 세 치 혀를 가볍게 놀린 죄가 있으니 억울해하지 말거라."

검을 빼 들고 있는 남궁중천의 기세는 사나웠다.

그리고 옥면신협이라는 별호가 붙을 정도로 잘생긴 남궁중천이 검을 들고 있는 모습은 마치 한 폭의 그림 같았다.

웬만한 여자들은 눈빛이 몽롱하게 변한 채 절로 탄성을 내지를 정도로 그럴듯한 모습.

하지만 안타깝게도 이 자리에서 검을 들고 있는 남궁중천의 기세를 보고 놀라거나 감탄할 만한 이는 아무도 없었다.

그리고 사무진은 겁을 집어먹기는커녕 오히려 환하게 웃었다.

"요즘 강호의 젊은 영웅들은 성격이 급하네요."

"……?"

"뭐, 그렇게 큰 잘못을 한 것 같지도 않은데 칼부터 꺼내 들고 설치다니. 마교보다 더한 것 같은데요."

"뭣이?"

"아, 그냥 혼잣말을 한 거니까 신경 쓰지 말아요. 그나저나 의분을 참지 못하고 사악한 마교의 무리들을 처단하러 오셨다니 대단하긴 하네요. 그런데 설마 단신으로 마교의 무리들을 모두 상대할 건가요?"

"걱정하지 마라. 강호에 널리 이름이 알려진 후기지수들과 함께 왔으니까."

"뒤에 서 계신 분들?"

"그래, 놀라지 말거라. 강호에서 가장 촉망받는 후기지수들인 오룡이봉에 대해서는 들어보았겠지. 우리가 바로 그 유명한 오룡이봉의 장본인들이다. 이쪽은 신주잠룡이란 별호를 얻고 있는 점창파의 제자인 초윤성 소협이고, 여기는 홍천문의 소공자인 현지민 소협이며, 또 이쪽은 모용세가의⋯⋯."

"그 정도로 될까요?"

한 명 한 명 가리키며 구구절절 설명을 늘어놓으려는 남궁중천의 말을 도중에 끊은 사무진이 한마디를 던졌다.

그 말을 듣고서 남궁중천이 발끈했다.

"그게 무슨 소리냐?"

"마교가 엄청 강하다고 들었거든요."

"흥!"

"잘 모르나 본데 사도맹주의 둘째 아들이 마교의 교주한테 얻어맞고 단전이 파괴되어서 폐인이 되었대요."

"그건 그자의 무공이 약했기 때문이겠지."

"그런가? 그런데 그런 소문도 돌던데. 자신의 둘째 아들이 단전이 파괴되었다는 사실을 알고, 사도맹주가 잔뜩 화가 나서 보낸 생사판 염혼경과 구유신도 종리원도 마교에서 죽었다고."

"사도맹주가 보냈다는 그따위 인물들과 감히 우리를 비교하지 마… 잠깐만. 지금 누구라고 그랬지?"

"생사판 염혼경과 구유신도 종리원."

"꿀꺽."

얼굴색이 하얗게 변한 남궁중천이 침을 삼키는 소리가 삼장이 넘게 떨어져 있던 사무진에게까지 들렸다.

그리고 도저히 믿을 수 없다는 표정을 지은 채 다시 말했다.

"소문이겠지."

"소문이 아니라고 하던데."

"강호에는 헛소문이 많은 법이다."

"아니 땐 굴뚝에는 연기가 나지 않는 법이죠."

"원래 소문이란 부풀려지는 법이지."

"진짜라니까."

"그게 진짜라는 것을 네가 어떻게 아느냐?"

"내가 죽였거든요."

반박하기 위해 입을 열던 남궁중천이 다시 침을 꿀꺽 삼켰다.

그리고 대체 그게 무슨 말도 안 되는 소리냐는 표정을 짓고 있는 그를 바라보던 사무진이 싱글싱글 웃으며 눈썹을 가리켰다.

"눈썹이 붉은 걸 보면 누구 떠오르는 사람 없어요?"

"떠오르는 사람?"

"요즘 유명한 사람인데."

"설마 적미천마?"

"이제야 그걸 알아채다니. 이렇게 눈치가 없어서야 이 험난한 강호에서 어떻게 살아남을 수 있을까?"

놀란 남궁중천이 기세 좋게 빼 들었던 검을 바닥으로 늘어뜨렸다.

"믿을 수 없다!"

"믿기 싫으면 믿지 말던가요."

"……."

"어쨌든 제대로 찾아왔네요. 우리가 조금 전에 직접 말했던 사악한 마교의 무리들이거든요."

"정… 정말이냐?"

"그러니까 여기 모여 있는 우리를 다 죽이면 사악한 마교의 무리들을 모두 처단하는 셈이 되는 거지요."

너무 놀라서 반쯤 넋이 나가 있는 남궁중천을 향해 히죽 웃음을 던진 사무진이 마도삼기에게 명령했다.

"가서 문 닫아요. 아무도 나갈 수 없게."

그 명령을 들은 마도삼기가 번개처럼 움직여 문지기의 역할을 수행했다.

"아까 오룡이봉이라 그랬죠? 슬슬 준비도 된 것 같은데 강호에 명성이 자자한 후기지수들과 사악한 마교의 무리들의 대결을 시작해 볼까요?"

그리고 이어진 사무진의 말을 듣고서 남궁중천이 붉은 혀를 내밀어 바싹 말라 버린 입술을 훑었다.

"운이 좋았네요."

사무진의 입가에 떠올라 있는 웃음이 짙어질수록, 남궁중천의 표정은 점점 더 어둡게 변했다.

"뭐가 운이 좋았단 말이냐?"

"그냥 이층 객잔에서 식사를 했다면 우리를 만나지 못했을 테니까요. 좀 더 나은 풍광을 보기 위해서 삼층에서 먹겠다고 했던 고집 덕분에 사악한 마교의 무리들과 만나게 되었으니까 운이 좋은 거죠. 안 그래요?"

"……"

"아까 내가 제대로 못 들어서 그런데 뒤에 계신 분들에 대한 설명을 다시 한 번 들어볼까요?"

아무 대답도 없는 남궁중천을 바라보던 사무진이 그의 뒤에 서 있는 일행을 가리키며 다시 말했다.

"그건 왜?"

"그냥 궁금해서요. 오룡이봉이라고까지 불리는 촉망받는 후기지수들이 얼마나 대단한 사람들인지가."

"……."

"아까는 물어보지도 않았는데 알아서 설명해 주더니 이제 는 별로 설명해 줄 마음이 없나 보네요. 그럼 이번에는 내가 설명하죠."

사무진이 히죽 웃으며 가장 먼저 심 노인을 가리켰다.

"현재 우리 마교의 유일한 장로이시죠. 별호는 아까 직접 말씀하신 구두쇠 또는 전귀. 가끔씩 정신이 오락가락하시기 는 하지만 마교를 사랑하는 마음만큼은 누구도 따를 수 없죠. 혹시 하고 싶은 얘기가 남았나요?"

"교주님, 한마디 해도 됩니까?"

"물론이죠."

사무진의 허락이 떨어지자 심 노인이 기다렸다는 듯이 소 리를 질렀다.

"예전에 마교가 잘 나갈 때만 해도 남궁세가는 마교라는 이름만 들어도 벌벌 떨었다. 한 번만 더 사악한 마교를 처단 하러 왔다는 헛소리를 지껄인다면 아예 혓바닥을 뽑아버릴 것이다!"

카랑카랑한 목소리로 심 노인이 남궁중천에게 소리를 지

르자 곁에 있던 사무진이 한마디를 덧붙였다.

"아, 이건 깜박했는데 우리 심 노인은 한다고 마음먹은 일은 어떻게든 실천에 옮기시는 분이에요. 그러니까 그 혓바닥은 조심하는 게 좋을 거예요. 자, 다음은 우리 마교의 좌우호법들을 소개하죠."

사무진이 이번에는 육소균을 가리켰다.

"여기 풍채가 지나치게 좋으신 분이 방금 우리 마교의 좌호법이 되신 육소균 호법이에요. 워낙에 움직이는 것을 싫어하는 분이라 웬만한 일에는 나서지 않으시지만 한 번 나서면 물불 가리지 않으시는 분이죠. 참고로 며칠 전에 마교에 찾아왔던 구유신도 종리원을 죽인 것이 우리 육소균 호법이에요."

"꿀꺽."

"꿀꺽."

육소균에 대한 설명이 끝나자 곳곳에서 마른침을 삼키는 소리가 들려왔다.

단신으로 사도맹 서열 오위에 올라 있는 종리원을 죽였다는 사실이 의미하는 바는 그만큼 컸다.

"거… 거짓말."

"사실 우리 육소균 호법의 외양이 그리 고수의 풍모를 풍기지는 않아 믿지 않는 사람이 많긴 하죠. 그럼 어떻게 믿게 한다?"

난감한 표정을 짓고 있던 사무진이 좋은 생각을 떠올리고는 짝 소리가 나게 손바닥을 마주쳤다.

　"직접 보여주는 것이 가장 좋은 방법이겠네요."

　"⋯⋯?"

　"강호에 그 명성이 쟁쟁하다는 후기지수들인 오룡이봉과 대결을 펼쳐서 모두 죽이면 믿을 수 있겠네요. 어때요?"

　어떻게 괜찮은 생각이 아니냐는 듯이 히죽 웃고 있는 사무진의 얼굴이 남궁중천은 마치 저승사자처럼 느껴졌다.

　"귀찮아!"

　그나마 다행인 것은 육소균이 사무진의 제안을 단호히 거절한 것이었다. 이마 위에 맺힌 식은땀을 남궁중천이 소매를 들어 닦아내며 안도의 한숨을 내쉬었지만, 그는 너무 일찍 안도의 한숨을 내쉰 것이었다.

　"육소균 호법이 귀찮다고 하시니 방법이 없네요. 아쉬운 마음이야 남지만 어쩔 수 없지요. 그럼 이번에는 우리 마교의 우호법이신 장하일 호법을 소개하죠. 아직 승복을 입고 계시지만 얼마 전에 파문을 당하시고 우리 마교에 입교하셨죠. 종리원과 염혼경이 이끌고 온 약 백여 명의 수하를 단신으로 모두 죽이신 엄청난 고수랍니다."

　"⋯⋯."

　"참고로 우리 장하일 호법의 눈이 빨갛게 충혈되어 있는 이유는 살심이 아직 가라앉지 않아서예요. 그때 백 명을 죽인 것으로는 모자랐던 거지요. 그러고 보니 여러분들을 만나고 나서 살기가 점점 더 강해지시네요."

"우리가 뭘 어쩼다고……."

"이유 따위는 없어요. 이건 진짜 비밀인데 여러분들에게만 알려줄게요. 사실 장하일 호법은 천살성의 기운을 타고나셨거든요."

움찔.

이번에는 단순히 마른침을 삼키는 반응으로 끝나지 않았다.

천살성을 타고났다는 이야기를 듣는 순간, 남궁중천이 뒷걸음질을 쳤다.

"다 죽일까?"

그리고 때마침 흘러나온 장하일의 한마디를 듣고서 남궁중천의 얼굴이 하얗게 질릴 때, 사무진이 만류했다.

"조금만 참아요. 일단 우리 마교의 인물들에 대한 설명을 다 끝내고 나서 죽이든 살리든 결정하자구요."

장하일을 진정시킨 사무진이 이번에는 홍연민을 가리켰다.

"우리 마교의 군사를 맡고 있는 분이죠. 이름이 그다지 많이 알려져 있지는 않은데 이십 년 전 대과에서 역사상 가장 훌륭한 답안을 적어 당시의 학자들의 입을 쩍 벌리게 만들었던 장본인이시죠. 그리고 현재 마교의 대소사를 결정하고 있기도 하죠. 그러고 보니 생각난 김에 물어볼까요? 저들을 어떻게 할까요?"

홍연민의 대답을 기다리는 남궁중천의 눈동자가 흔들렸다.

우스운 이야기지만 지금 그를 비롯한 오룡이봉의 목숨이 홍연민의 대답에 달려 있다고 해도 과언이 아니었다.

"오룡이봉의 명성은 별것이 아니지만 배경은 무척이나 든든한 편이네. 이들을 죽인다면 곤란한 상황에 처할 수도 있지."

그리고 잠시 고민한 끝에 홍연민이 꺼낸 대답을 듣고서 남궁중천이 자신도 모르는 사이 고개를 끄덕였다.

남궁중천의 뒤에는 천하오대세가 중 하나인 남궁세가가 있었다.

그뿐인가?

자신의 뒤에 있는 나머지 인물들의 뒤에도 남궁세가 못지않은 든든한 배경들이 있었다.

마교가 재건했다고는 하나, 아직은 예전의 위세를 찾지 못한 상황인만큼 함부로 자신들을 대할 수 있을 리 없었다.

거기까지 생각에 미친 남궁중천이 재빨리 입을 뗐다.

"옳은 말이오. 우리 뒤에는……."

"남궁세가도 있고, 모용세가도 있고, 점창파도 있고, 홍천문도 있지요. 그런데요?"

"아직 잘 이해를 못하는가 본데……."

"잘 이해가 안 가는 것은 그쪽 분들인 것 같네요. 내가 사도맹주의 둘째 아들을 건드린 것을 잊었나 보네요."

남궁중천의 말문이 막혔다.

깜박 잊고 있었지만 눈앞에 있는 마교의 교주는 현 강호에서 가장 강한 단체인 사도맹을 배경으로 가지고 있는 호중경을 반쯤 죽여놓은 자였다.

그런 그가 자신들이 가진 배경을 두려워할까.

거기까지 생각이 미치자 다시 식은땀이 흐르기 시작했다.

"방법이 없는 것은 아닐세."

"뭔데요?"

"살인멸구."

그리고 그 순간, 홍연민이 꺼낸 살인멸구라는 대답을 듣자 남궁중천은 숨이 막힐 지경이었다.

틀린 말이 아니었다.

만약 여기서 자신들이 모두 죽게 되면, 이 모든 것이 마교의 소행이라는 증거조차도 남지 않을 터였다.

"역시 우리 마교의 군사답네요."

"명색이 마교의 군사인데 이 정도는 해야 하지 않겠나?"

"좋아요. 그럼 나머지 인물들만 간단히 소개하고 그 방법을 실천하는 게 좋겠네요. 보자, 누가 남았지? 아, 저기 문 앞

에 죽립을 쓰고 계신 분들은 마도삼기라고 우리 마교의 얼굴
이라 불리는 문지기들이에요."

"마… 마도삼기!"

반쯤 정신이 나간 남궁중천이 말을 더듬었다.

사무진에게는 명성에 거품이 끼었다는 이야기를 들으며
멸시받고 있는 마도삼기였지만 강호에 알려진 그들의 명성은
대단했다.

모르긴 몰라도 마도삼기만 나선다고 하더라도 자신들은
죽은 목숨이라고 보는 것이 옳았다.

그리고 어떻게 이 위험한 상황을 벗어날 수 있을지에 대해
필사적으로 생각해 내기 위해 이리저리 살피던 남궁중천의
시선이 한곳에 머물렀다.

그의 눈에 들어온 것은 서문유.

무림맹에 몇 번 들렀던 적이 있었기에 안면이 있는 사이였
다.

대체 왜 서문유가 사악한 마교의 무리들 사이에 섞여 있는
지 하는 의문이 들었지만 지금은 그게 중요한 것이 아니었다.

지금 남궁중천에게는 서문유가 한 가닥 구원의 빛처럼 느
껴졌다.

"서문유 소협이 아니시오?"

"……?"

"나 남궁중천이오. 지난번 만났을 때 남궁세가에 한 번 찾

아오라고 초대까지 했었는데 기억나지 않소?"

"……."

"이 사악한 마교의 무리들과 함께 맞서 싸웁시다. 그리 해 준다면 내 이 은혜는 잊지 않겠소."

절실함이 담긴 남궁중천의 이야기.

그러나 서문유는 가타부타 대답이 없었다.

"뭔가 착각하는가 본데 쟤는 우리 마교의 뭐라고 할까? 식 객… 그래, 식객이라고 하는 편이 맞겠네."

"……?"

"그러니까 반은 우리 마교도라고 할 수 있지요."

그리고 서문유를 대신해 사무진이 싱긋 웃으며 대답하는 것을 듣고 남궁중천의 표정이 굳어졌다.

서문유는 엽차를 연거푸 몇 잔이나 들이켰지만 자꾸만 입 술이 말라왔다.

평소라면 사무진이 어디선가 데리고 온 장하일과 육소균 이라는 대단한 고수에 대한 호기심이 이는 것이 정상일 텐데 이상하게 아무런 궁금증도 생기지 않았다.

지금 서문유의 모든 신경은 앞에 앉아 있는 정소소의 일거 수일투족에 쏠려 있어서 다른 것에 신경 쓸 여유가 없었다.

백옥 같은 피부.

살짝 젖어 있는 부드러운 입술.

웃을 때마다 살짝 패는 볼우물까지.

정소소가 웃을 때마다 심장이 미친 듯이 뛰었다.

그리고 긴장이 되었다.

서문유가 자신의 마음을 고백했음에도 불구하고 정소소는 아직 그에 대해서 아무런 대답도 없었다.

오히려 그 후로 애써 자신을 피하는 기색이었다.

그래서 시간이 흐를수록 둘 사이는 더욱 어색해졌고, 묵묵부답으로 일관하는 정소소를 보며 서문유는 애가 탔다.

더 이상 이렇게 어색하게 지내는 것이 너무 힘들어서 결심을 굳힌 서문유가 마침내 조심스레 입을 뗐다.

"정 소저."

"왜 그러세요?"

정소소는 눈을 내리깔고 서문유와 시선조차 마주치지 않았다.

그리고 예전과 다른 그녀의 말투도 서문유의 신경을 거슬리게 만들었다.

거침없이 반말을 하던 대신 공손하고 정중해진 말투.

그 정중한 말투로 인해 거리감이 느껴졌다.

오히려 예전에 거침없이 말하던 그녀가 더 좋았다는 생각을 하면서 서문유가 잠시 머뭇거리다 다시 입을 뗐다.

"대답을… 듣고 싶습니다."

"어떤 대답을 말씀하시는 건가요?"

"전에 제가 했던 고백에 대한 대답을 말하는 겁니다."

"아!"

그제야 기억이 난 듯 가볍게 탄식을 토해냈지만 그녀는 서문유의 애타는 마음을 모르는지 쉽게 대답하지 못했다.

목덜미로 내려온 칠흑처럼 검은 머리카락 한 올을 하얗고 작은 손을 들어 귀 뒤로 넘기는 것을 보며 서문유의 호흡이 거칠어졌다.

금방이라도 타서 재가 되어버릴 것처럼 애타는 심정.

그러나 그런 서문유의 애타는 심정을 전혀 모르는 듯 정소소는 좀처럼 입을 열어 대답하지 않았다.

그래서 목이 탄 서문유가 다시 한 번 엽차에 손을 가져갈 때, 정소소가 천천히 고개를 들었다.

부딪치는 시선.

마침내 뭔가를 결심한 듯 그녀가 입을 열려는 순간, 요란한 소리와 함께 삼층 객잔의 문이 열리며 일련의 무리가 들어섰다.

그로 인해 정소소는 하려던 말을 멈추고 들어선 일련의 인물들에게로 시선을 돌렸다.

'어떤 놈들이야?'

하필이면 지금 이 순간에 끼어들어서 그녀의 말문을 막아버린 이들에게 서문유의 감정이 좋을 리 없었다.

그래서 사납게 쏘아보는 그의 눈에 낯익은 인물이 보였다.

'남궁중천?'

무림맹에서 몇 번 마주친 적이 있었다.

몇 번 인사를 나눈 적이 있었기에 안면이 있기는 했지만, 그것이 다였다.

특별히 친분이 있는 것도 아니었고, 호감을 가지고 있는 사이도 아니었다.

솔직히 말하면 반감이 더 컸다.

옥면신협이라는 별호.

사실 남궁중천은 남자인 서문유가 보더라도 대단한 미남이었다.

게다가 남궁세가의 소가주라는 든든한 배경도 가지고 있었다.

그래서일까.

남궁중천은 은연중에 다른 이들을 무시하는 경향이 있었다.

실제로 서문유가 무림맹에서 청룡단의 부단주 역할을 맡고 있었지만, 특별한 뒷배경이 없다는 것을 알고 얕본다는 느낌을 받았었다.

그런데 그런 남궁중천이 갑자기 알은체를 하고 있었다.

"나 남궁중천이오. 이 사악한 마교의 무리들과 함께 맞서 싸웁시다. 그리 해준다면 내 이 은혜는 잊지 않겠소."

얼마 전 고루신마가 데리고 왔던 강시보다도 더 창백하게 질린 얼굴로 서 있던 남궁중천은 무릎이라도 꿇을 기세였다.

"아는 사이야?"

그리고 그런 남궁중천의 반응을 살피던 사무진이 질문을 던지는 것을 듣고서 서문유는 잠시 망설이다 고개를 끄덕였다.

"조금."

"조금? 무척 친한 것처럼 얘기하는데."

"하나도 안 친하니까 신경 쓰지 마."

애절한 남궁중천의 시선.

뜨거운 그 눈빛을 느끼지 못했을 리 없는 서문유는 차갑게 외면했다.

"서 소협. 왜 나를 모른 척하는 것이오?"

"……."

"우리가 이런 사이가 아니지 않소?"

그리고 포기하지 않고 다시 소리를 지르고 있는 남궁중천을 바라보던 서문유의 눈빛이 더욱 차갑게 가라앉았다.

"대체 우리가 어떤 사이오?"

"그야……."

싸늘한 서문유의 대꾸에 이번에는 남궁중천의 말문이 막혔다.

마땅한 대답을 찾기 위해 애쓰며 우물쭈물하고 있는 남궁중천을 바라보며 서문유가 코웃음을 쳤다.

"제가 알기로 서문유 소협은 청룡단의 부단주라는 직책을 맡고 계신 걸로 알고 있습니다. 그런데 대체 왜 사악한 마교의 무리와 어울리시는 겁니까?"

그리고 그때, 남궁중천을 대신해 나선 것은 모용린이었다.

하지만 지금까지 이어진 대화에 전혀 관심을 갖지 않았던 서문유였기에 대체 그녀가 누군지도 알지 못했다.

"넌 누구지?"

"저는… 저는 모용세가에서 온 모용린…입니다."

모용린의 눈빛이 싸늘해졌다.

그녀가 가진 배경도 남궁세가에 못지않은 모용세가였다.

더구나 그녀는 타고난 미모로 오룡이봉 중 한 명으로 꼽히며 어느 곳에 가더라도 먼저 남자들이 선망의 눈빛을 보내왔었기에 서문유의 대답은 그녀에게 수치심까지 느끼게 만든 것이었다.

하지만 이미 서옥령과 오랜 시간을 보내며 눈이 높아질 만큼 높아진 서문유였다.

더구나 지금은 정소소에게 온통 마음이 쏠려 있는데 모용린의 미모 따위가 눈에 들어올 리 없었다.

"처음 들어보는군."

"전에 인사를 나눈 적이 있지 않습니까?"

"그랬나? 인사를 나누었다고 해서 모두 기억할 수 있는 것은 아니지."

기분이 틀어질 대로 틀어진 서문유의 대꾸는 무뚝뚝했다.

그리고 모욕을 당했다고 느낀 모용린이 지그시 입술을 깨물었다.

"저를 기억하지 못하는 것은… 어쩔 수 없지만 사악한 마교의 무리와 함께 어울리는 것에 대해서는 설명해 주셔야 할 것입니다."

모용린이 날카로운 목소리로 한마디를 던졌지만 서문유는 이번에도 별것 아니라는 듯 대꾸했다.

"왜?"

"……?"

"내가 너희들에게 그런 것까지 설명해 줘야 할 필요가 있나? 그렇다면 나도 하나 묻도록 하지. 미리 예약이 되어 있는 이곳에 굳이 찾아와서 자리를 비키라는 행패를 피운 이유는 뭐지?"

"그야……."

"착각 때문이겠지."

심기가 불편한 서문유의 입에서 고운 말이 나올 리가 없었다.

지금까지 오룡이봉에 대해 불편한 감정을 가지고 있던 서문유의 입에서 가슴속에 눌러두었던 말들이 터져 나왔다.

"오룡이봉이라 불리고는 있지만 그게 너희들의 실력으로 얻은 명성인가? 너희들의 배경과 가문이 만들어준 것이라 알

고 있는데 내가 틀렸나? 아마 지금도 마찬가지겠지. 너희들
의 배경과 가문 때문에 많은 사람들이 겁을 내고 피해주니 마
치 대단한 사람이라고 착각하고 있겠지."

"그런… 말을……."

모용린의 고운 얼굴이 수치심으로 붉게 달아올랐다.

"말이 지나치시오."

그리고 더는 지켜보지 못하고 남궁중천이 끼어들었지만
서문유는 냉소를 날렸다.

"말이 지나치다?"

"……."

"내 말이 지나치다면 어디 한번 직접 증명해 보아라. 지금
이곳은 너희들이 가진 배경과 가문의 힘이 전혀 통하지 않는
상황이니 너희들이 벌인 일에 책임을 지면 되겠군. 아까 말한
대로 사악한 마교의 무리가 여기에 있으니 직접 처단하여 너
희의 뜻을 보여보거라."

서문유의 말을 들은 남궁중천과 모용린의 입술이 바들바
들 떨렸다.

하지만 서문유의 말에서 특별히 틀린 점을 찾기도 힘들었
다.

그래서 아무런 대꾸도 하지 못하고 그들이 서 있을 때, 실
실 웃으며 그 상황을 살피던 사무진이 나섰다.

"너 말 잘한다."

"흥."

"독설을 내뱉는 수준이 거의 마교도 수준인데."

"무슨 소리냐?"

"마교에서 공밥 먹고 있다 보니 마교로 들어오고 싶어졌나 보지?"

"웃기지 마라."

"싫으면 말고."

코웃음을 치는 서문유를 바라보며 히죽 웃은 사무진이 남궁중천과 모용린에게로 시선을 던졌다.

"자, 이제 슬슬 결정해야 할 것 같은데. 사악한 마교의 무리들을 처단하기 위해서 오룡이봉께서는 검을 드실 생각인가요?"

"……."

"……."

"아니면 그냥 살인멸구를 당하실 생각인가요?"

당황한 기색이 역력한 얼굴로 서 있는 이들이었지만 어느 누구도 허리에 걸려 있는 검병에 손을 가져가지 못했다.

그리고 그런 그들을 한심하게 바라보던 사무진이 혀를 끌끌 차며 입을 뗐다.

"사악한 마교 무리들의 수장인 나도 스스로 벌인 일은 책임을 지는데 명색이 명문정파의 후손이며 강호의 촉망받는 후기지수라는 분들이 자기 행동에 책임도 지지 않으려 하다니 참으로 답답하네요. 아무 대답도 못하는 걸 보니 내가 결정해 줄게요. 후자로 해요. 뭔지는 알죠? 살인멸구. 장 호법님!"

사무진이 부르자 장하일이 기다렸다는 듯이 앞으로 나섰다.

"다 죽일까?"

"맘대로 해요."

"진짜?"

"평소대로 해요. 갑자기 왜 망설이고 그래요?"

"만약 이 아이들을 죽였다가는 곤란한 상황에 처하게 될지도 모른다. 이 아이들이 가진 배경은 우습게볼 수 있는 것이 아니니까."

쉽게 움직이지 않고 장하일이 조금은 걱정스런 표정을 지었다.

그것을 보고 남궁중천의 표정이 잠시 밝아졌다.

하지만 그도 잠시였다.

"어차피 전 강호가 적인데 뭐가 걱정이에요."

사무진이 피식 웃으며 꺼낸 이야기를 듣고서 남궁중천의 표정은 다시 어두워졌고 오룡이봉의 다리는 후들거리기 시작했다.

스릉.

그래도 남궁중천은 명색이 남궁세가의 소가주였다.

가만히 앉아 있다가 그냥 살인멸구라는 운명을 받아들일 것이라 생각했던 사무진의 예상은 빗나갔다.

마지막이라는 생각이 들자 용감하게 허리에 걸려 있던 검을 빼 들었다.

그리고 그런 그는 당황한 표정을 짓고 있는 모용린의 앞을 막아섰다.

"모용 소저는 내가 지켜주겠소."

비장한 각오를 드러내듯 결사적인 표정을 짓고 있는 남궁중천이었지만 사무진이 보기에는 한심하기 그지없었다.

"아직 상황 파악이 잘 안 되나 본데, 지금 누굴 지켜준다고 나설 때가 아닐 텐데요. 벌써 잊어버리셨나 본데 우리 장 호법은 천살성을 타고나셨어요."

"……"

"나 같으면 그 시간에 도망칠 길을 찾을 텐데."

사무진의 말이 끝나자 남궁중천의 시선이 급격하게 흔들렸다.

그리고 자신의 뒤에 서 있는 모용린과 장하일을 번갈아 바라보던 남궁중천이 슬쩍 한 걸음을 옆으로 떼었다.

그 순간 장하일이 남궁중천의 앞으로 움직였다.

서늘한 광망을 뿌리고 있는 검신.

한눈에 보기에도 보검임을 알 수 있는 검을 남궁중천이 휘둘렸지만, 이미 기세가 꺾인 상황에서 아무리 절기를 펼친다 하더라도 그 위력이 제대로 나올 리 없었다.

남궁중천이 휘두른 검을 물끄러미 바라보던 장하일은 왼손을 들어서 가볍게 검신을 밀어냈다.

그와 동시에 비어 있던 남궁중천의 가슴에 일권이 적중했다.

"쿨럭."

그 장력을 얻어맞고서 뒷걸음질치던 남궁중천은 그대로 바닥에 쓰러져 버린 후 더 이상 움직이지 않았다.

그리고 남궁중천이 그렇게 허무하게 무너지자 가뜩이나 긴장하고 있던 나머지 인물들의 움직임은 더욱 위축되었다.

상대가 될 리 없었다.

공격은 엄두도 내지 못하고 연거푸 뒤로 물러나며 피하는 것에만 집중했지만 결국 장하일이 휘두르는 권풍을 피하지 못하고 금세 쓰러졌다.

"싱겁군."

땀을 흘리기는커녕 숨소리조차 거칠어지지 않은 장하일이 한마디를 던졌다.

그리고 그런 장하일의 곁으로 사무진이 다가갔다.

"왜 안 죽였어요?"

"그냥."

"그냥이라. 아까도 말했지만 장 호법과는 어울리지 않는데요."

"아직 어린아이들이다."

"……?"

"자신이 한 행동에 책임을 지는 것에 대해서 배우려면 좀 더 시간이 걸리겠지. 그리고 그 시간을 기다려 주는 것은 조금 일찍 강호를 겪은 어른들의 몫이지."

분명히 평소 장하일의 모습과는 많이 달랐지만 그 모습도 나름대로 잘 어울렸다.

그래서 사무진이 희미한 웃음을 지었다.

"사람이 달라 보이는데요."

"비웃는 것이냐?"

"그럴 리가요. 소림에서 보낸 삼십 년이라는 시간이 헛되지는 않았네요."

"아직 사리 분별을 하지 못하고 날뛰는 애송이들까지 죽이고 싶지는 않았다."

그 한마디를 남기고 장하일이 돌아섰다.

그리고 이번에는 홍연민이 쓰러져 있는 남궁중천의 곁으로 다가가 품에서 반쯤 빠져나와 있던 봉투를 꺼냈다.

"왜 그래요?"

"뭐가?"

"녹봉이 작아요?"

홍연민이 남궁중천의 주머니에서 꺼낸 것이 전표라 생각

한 사무진이 한마디를 던지자 홍연민이 쓴웃음을 지으며 고
개를 흔들었다.

"아이들의 코 묻은 돈을 탐낼 정도로 마교의 녹봉이 작지
는 않네."

"그럼요?"

"이건 전표가 아니라 초대장이네."

"초대장요?"

의아한 눈빛을 보이고 있는 사무진을 위해 홍연민이 보충
설명을 했다.

"사악한 마교의 무리들을 처단하기 위해 항주에 왔다는 아
까의 말은 호승심에 꺼낸 것 같군. 이 아이들은 아마 마성장
으로 가고 있었던 듯해."

"마성장요?"

"사흘 뒤가 마성장 장주인 철무경의 환갑이지."

"그래요?"

홍연민의 말을 듣고서 사무진이 흥미를 드러냈다.

"자네도 직접 찾아가 보았으니 이미 알고 있겠지만 현재
마성장의 위세는 대단하지. 더구나 마성장의 장주인 철무경
의 명성도 엄청난 만큼 많은 이들이 그 자리에 참석할 것이
네. 소문으로는 초대장을 받은 문파들에서는 모두 가주들이
나 장문인 급의 인물들이 참석한다고 하더군."

"우리는요?"

"우리?"

"우리한테는 초대장이 안 왔어요?"

사무진의 이야기를 듣고서 홍연민이 쓸쓸한 웃음을 지었다.

"아쉽지만 도착하지 않았네."

"그 영감. 몹쓸 사람이네."

"몇 번이나 강조했지만 우리는 마교라네. 그리고 이 강호에 마교를 좋아하는 이들은 별로 없다네."

"그래도 이건 아닌 것 같네요. 누구 덕에 지금까지 살아 있는데 생명의 은인에게 이런 식으로 대접을 하면 안 되죠."

"……?"

"우리도 갑니다."

조금도 망설이지 않고 사무진이 꺼낸 말을 듣고서 홍연민이 걱정스런 표정을 지었다.

"아까도 말했지만 우리에게는 초대장이 안 왔네."

"거기 있잖아요."

"이것 말인가?"

사무진은 남궁중천이 가지고 있던 초대장을 가리켰다.

"좀 빌리면 되죠."

"그렇지만……."

"그리고 설령 초대장이 없다고 해서 못 들어오게야 하겠어요? 명색이 환갑 잔치라서 밥 좀 얻어먹으러 왔다는데."

답답한 표정을 짓던 홍연민이 결국 눈을 감았다.

보지 않아도 눈에 환하게 그려졌다.

눈치라고는 찾아볼 수 없는 심 노인은 소리를 질러서 환갑 잔치의 흥을 깨어놓을 것이고, 어떻게 들어간다 하더라도 장내를 메우고 있을 대부분의 정파무인들의 적의가 가득한 시선을 받을 것이 틀림없었다.

아니, 그 정도면 운이 좋은 것이었다.

성격이 급하고 마교에 악감정을 가지고 있는 자들은 고작 매서운 시선을 날리는 것으로 끝나지 않고 칼부터 꼬나 들고 달려들지도 몰랐다.

그리고 그때부터는 어떤 일이 벌어질지 눈앞이 깜깜했다.

"왜 굳이 그 자리에 참석하려고 하나?"

어떻게든 그곳에 가는 것을 막고 싶은 마음에 홍연민이 입을 뗐지만 사무진의 고집은 그의 예상보다 훨씬 셌다.

"빚을 받으러 가는 거지요."

"빚이라면?"

"벌써 잊어버렸어요? 그때 그 일을 꾸미는 것에 마성장의 장주인 철무경도 깊이 관여했잖아요."

지체없이 흘러나온 사무진의 대답.

그 대답을 듣고서는 홍연민도 고개를 끄덕였다.

철무경과 허민규가 꾸민 금선탈각의 계략에 말려들어서 사무진이 위험에 처했던 것은 그도 기억하고 있었다.

"그래. 무엇을 받아낼 생각인가?"

"양심껏 받아내야지요."

"……?"

"그래도 명색이 잔칫집인데 하다못해 진수성찬이라도 대접하겠지요. 일단은 그냥 우리 마교의 회식이라고 생각하고 가지요."

"회식이라……."

홍연민이 쓴웃음을 지었다.

모두 더해 봐야 고작 열다섯밖에 안 되는 마교의 인물들.

육소균과 장하일이 합류했지만 단출한 것은 변함이 없었다.

"나쁜 생각은 아니군. 근데 말일세. 만약 우리가 자리를 비운 사이 사도맹에서 쳐들어온다면 어떻게 하나?"

그리고 홍연민이 조금 불안한 표정을 지은 채 질문했지만 사무진은 이번에도 전혀 걱정할 것 없다는 듯이 대답했다.

"기다리겠죠."

"기다린다?"

"기껏 쳐들어와 봤자 사람이 없는데 지들이 어쩔 도리가 있겠어요?"

"만약 불이라도 지르면?"

"명색이 사도맹인데 설마 그렇게 치사한 짓이야 하겠어요?"

"최악의 상황을 가정하는 것이 군사의 역할이네."

"언제는 반대라고 하더니. 그래도 상관없어요. 까짓것 이사를 가지요. 안 그래도 슬슬 옮길 때가 되었다고 생각했거든요."

사무진은 이미 결심을 굳힌 후였다.

그리고 더 이상 어떤 말을 한다 해도 그 결심을 바꿀 수 없다는 것을 깨달은 홍연민이 마지막으로 질문했다.

"저들은 어찌할 텐가?"

바닥에 쓰러져 있는 오룡이봉을 가리키며 던진 질문에 사무진이 잠시 고민하다 대답했다.

"며칠 재워두죠."

"며칠 재운다?"

"초대장을 빌렸으니 그때까지는 깨우지 말아야죠."

도무지 속내를 파악할 수 없는 사무진을 바라보며 홍연민이 결국 한숨을 내쉬었다.

荷蒸乳蒸煎棗湯細暘美福佑弟于王

至大改元四月佛浴道昏廣為傳行世

日弟子趙孟頫敬書長壓前再

老君演此真妙径竟正

"그만 떠날 생각이오."

어떤 표정을 짓고 있을까.

문득 궁금해졌다.

삼십 년이 넘는 시간이었다.

그 긴 시간 동안 가슴속 깊이 묻어두고 꺼내지 않았던 이야기를 마침내 꺼낸 지금 호원상의 표정이 어떻게 변했는지가.

하지만 안타깝게도 천중악의 바람은 이루어지지 않았다.

창가에 서서 뒷짐을 진 채로 서 있었기에 호원상의 표정이 어떻게 변했는지는 보이지 않았다.

그리고 호원상에게서는 아무런 대답이 흘러나오지 않았다.

당황하고 있는 걸까.

그 침묵의 의미를 쉽게 파악하기 어려웠다.

적막만이 흐르고 있는 장내로 인해 천중악이 답답함을 느끼기 시작할 때, 호원상이 신형을 돌리며 마침내 입을 뗐다.

"용이 머물기에는 너무 누추한 곳이었는데 오래 참았군."

'웃고 있다?'

천중악은 호원상의 얼굴에 드리워져 있는 편안한 웃음을 확인하고서 놀라지 않을 수 없었다.

"그 말은… 이제 놓아주겠다는 것이오?"

"내가 잡은 적이 있었나?"

"……."

"좀 더 솔직해지게."

"……?"

"지금까지 떠나지 않았던 것은 자네의 의지였네."

호원상의 눈빛은 평소와 다르지 않았다.

나른한 듯하면서도 사람의 속마음을 모두 꿰뚫어 보는 듯한 날카로움이 감추어져 있는 눈빛이었다.

그 눈빛이 무척이나 부담스럽다는 느낌이 들어서 천중악은 이 자리에 오래 머물고 싶지 않았다.

"그동안 신세가 많았소."

짤막한 인사만을 남긴 채 신형을 돌려 호원상의 집무실을 벗어나려던 천중악은, 그가 던진 질문으로 인해 걸음을 멈추었다.

　"방금 자네 입으로 말하지 않았나? 신세를 졌다고. 신세를 졌다면 갚는 것이 도리가 아닌가?"

　그리고 그 말을 듣는 순간, 화가 치밀어 오르는 것은 어쩔 수 없었다.

　하지만 치밀어 오르는 화를 억지로 가라앉히며 최대한 담담하게 되물었다.

　"지난 시간, 이 강호에서 마교가 사라졌던 것으로 충분하지 않소?"

　"미안한 말이지만 충분하지 않네."

　"당신은 정말……."

　"내가 욕심이 많은 사람이라는 사실을 몰랐나?"

　천중악이 지그시 입술을 깨물었다.

　그 사실을 몰랐던가?

　아니, 알고 있었다.

　호원상이 누구보다 욕심이 많고 음험한 사람이라는 것을 알고 있었음에도 불구하고 그가 내민 손을 잡았었다.

　그렇다면 그 대가를 치르는 것이 어쩌면 당연한 일이었다.

　그리고 천중악이 알고 있는 호원상은 그 대가를 치르지 않는다면 놓아주지 않을 사람이었다.

"원하는 것이 무엇이오?"

"그리 서두르지 말게. 그전에 하나 묻고 싶은 것이 있네."

"무엇이오?"

"이 강호에 두 개의 마교가 존재할 수 있는가?"

"없소."

천중악은 일말의 망설임도 없이 대답했다.

"역시 그런가?"

"약육강식. 약한 곳이 강호에서 사라지게 될 것이오."

어차피 강호로 돌아간다면 가장 먼저 해야 할 일이었다.

그래서 숨기지 않고 꺼낸 대답을 들은 호원상은 희미하게 고개를 끄덕였다.

"내가 알기로 가짜 마교의 본거지가 항주에 있다고 하던데. 그럼 자네도 그곳으로 움직이겠군."

"그렇소."

"잘됐군."

대체 뭐가 잘됐다는 걸까.

호원상이 시키려는 것이 무엇인지 알지 못하기에 천중악이 불안한 표정을 짓고 있을 때였다.

"마성장에 가 달라는 것이 내 부탁이네."

'마성장?'

마성장에 대해서는 천중악도 알고 있었다.

열혈도제라는 별호로 강호에 명성을 날리던 철무경이 약

삼 년 전 세운 장원.

비록 세워진 지는 그리 오래되지 않아 역사는 짧았지만, 철무경의 명성이 워낙에 대단해서 급격하게 세가 불어난 곳이었다.

더구나 얼마 전 사도맹 서열 십위에 올라 있던 태사령 임무성을 죽이면서 그의 명성은 한껏 치솟았다.

그리고 천중악은 얼마 지나지 않아 철무경의 환갑이라는 사실도 알고 있었다.

"마성장 장주의 환갑 잔치에 대신 참석해 달라는 부탁은 아닐 것 같고. 그곳에서 뭘 해주기를 바라는 것이오?"

"철무경의 환갑 잔치가 벌어지는 날, 마성장을 강호에서 지울 생각이네."

천중악의 얼굴이 굳어졌다.

그제야 호원상이 계획하고 있는 것이 무엇인지 알 수 있었다.

철무경은 누구나 인정하는 강호의 명숙이었고, 마성장이라는 거대한 세력을 이끌고 있는 주인이었다.

그런 그가 환갑을 맞이했다면 정파에 속한 무림인들 중 중요한 인물들은 빠짐없이 참석할 터였다.

그리고 호원상은 그들이 모두 모인 기회를 노려, 그들을 한꺼번에 죽일 계획을 세운 것이었다.

"무모하오."

"무모하다?"

"그렇소. 그게 가능하다고 생각하오? 그리고 설령 가능하다 할지라도 엄청난 희생이 따를 것이오. 그 희생을 우리에게 떠넘기려는 것이오?"

"자네가 지나치게 흥분했군. 그리 흥분하지 말고 들어보게. 알고 보면 무모한 계획만은 아니니까."

어림없다는 표정으로 천중악이 소리쳤지만 호원상은 고개를 흔들었다.

"미리 장난을 쳐둘 생각이네."

"장난?"

"그날 그곳에 있는 자들은 무공을 펼치지 못할 것이네. 아니, 좀 더 정확히 말하면 내력을 사용하지 못할 걸세."

'산공독?'

그 말을 듣는 순간, 천중악의 머릿속에 가장 먼저 떠오른 것은 일시적으로 공력을 흐트러뜨려 끌어올릴 수 없게 만드는 산공독이었다.

지금 호원상이 꺼낸 말의 속뜻은 마성장에 모인 무인들을 산공독에 중독시키겠다는 것이었다.

하지만 결코 쉬운 일은 아니었다.

'그 수많은 인물들을 동시에 산공독에 중독시키는 일이 가능한가?'

스스로에게 던진 질문에 천중악은 불가능하다는 결론을

내렸지만 호원상의 얼굴은 확신으로 가득 차 있었다.

"불가능하다고 생각하나?"

"솔직히 믿기 어렵소."

"하지만 사실이네. 그날 그곳에 모인 이들은 어느 누구도 내력을 사용하지 못할 것이네."

"대체 무슨 수를 써서 그것을 가능하게 만들 것이오?"

"그것까지 알 필요는 없네."

호원상은 그 방법에 대해서는 끝내 입을 떼지 않았다.

하지만 그가 확신에 찬 어조로 말하는 것으로 보아 그는 어떤 방법을 찾아낸 것이 틀림없었다.

만약 그의 말대로 그곳에 모인 이들이 내력을 끌어올리지 못한다면 그날 강호에서 마성장과 그곳에 모인 이들을 모두 지우는 것은 어려운 일이 아니었다.

하지만 여전히 천중악은 내키지 않았다.

찝찝하다고 해야 할까.

불안한 느낌이 그의 뒷덜미를 잡아당기고 있었다.

"그렇다면 당신이 직접 움직이면 될 것 아니오?"

사도맹주인 호원상이 직접 나설 필요도 없었다.

사도맹의 장로들이 적당한 수의 사도맹 정예 무인들을 이끌고 움직이기만 하더라도 차고 넘치는 일이었다.

하지만 호원상은 이번에도 고개를 흔들었다.

"자네에게 맡기려는 이유가 있네."

"이유?"

"이번 일에 사도맹이 관여했다는 것을 알리고 싶지 않기 때문이라네."

호원상의 설명을 들었지만 역시 쉽게 납득하기 어려웠다.

그러나 그는 더 이상 설명을 해줄 생각이 없었다.

"그렇게 부정적으로만 바라보지 말게. 이번 일은 자네와 자네가 이끄는 마교에게도 도움이 될 수도 있으니까."

"……?"

"인간이란 망각의 동물이지. 이곳에서 자네가 머문 시간만 해도 어느덧 삼십 년이 넘었네. 그리고 그 시간은 자네가 이끄는 마교를 기억에서 지워 버리기에 충분한 시간이지. 그런 의미에서 자네가 이번 일을 성공시키며 강호에 재등장한다면 그들의 기억 속에 마교의 무서움을 일깨우는 좋은 계기가 될 것이야."

은근한 제안을 들으며 천중악이 호원상을 향해 시선을 던졌다.

그러나 그가 바라보고 있는 것은 호원상이 아니라 창밖으로 보이는 풍경이었다.

며칠 전에 비해 더위가 심해지며 수풀이 조금 더 무성하게 자라 있었지만 크게 변하지 않은 풍경.

변하지 않는 것은 익숙해지고, 익숙해진 다음은 잊혀지게 되는 것이 어쩌면 당연한 수순이었다.

그래서 호원상의 말은 틀리지 않았다.

세상에서 가장 무서운 것은 사람들의 기억 속에서 잊혀지는 것이니까.

"받아들이겠소."

"잘 생각했네."

"이젠 정말 떠나겠소."

천중악이 다시 걸음을 떼기 시작했다.

"다시 만나게 될 때는 적이겠군."

그런 그의 등 뒤로 호원상이 웃으며 던진 말이 닿았지만, 잠시 멈칫했을 뿐 천중악은 걸음을 멈추지 않았다.

황학루는 항주에서도 열 손가락 안에 꼽히는 이름난 객잔이었다.

그리고 하대용은 그 황학루의 주방에서 일하는 숙수였다.

처음 황학루에서 일을 시작했던 것은 열둘.

당시에는 점소이로 일을 시작했었다.

하지만 그의 눈치가 빠르고 행동이 재빠른 것을 눈여겨보던 주방장의 눈에 들어 열넷의 나이에 점소이를 그만두고 주방으로 들어갔다.

야채를 손질하고 설거지를 하는 것부터 시작해 그로부터 십오 년이 넘게 흘러 막 서른 줄에 접어든 지금은 음식 맛이 뛰어나기로 소문난 황학루의 주방에서 이인자 자리까지 올라가 있었다.

하지만 그는 여전히 손님들에게 자신이 만든 음식을 내놓지 못했다.

그가 만들어놓은 음식은 항상 주방장인 효연 영감의 손을 거치고 나서야 비로소 손님들의 상에 올랐다.

물론 하대용이 그 상황에 불만이 없을 리 없었다.

서당개도 삼 년이면 풍월을 읊는 법.

이미 주방에서 보낸 시간만 십오 년이 넘은 상황이니 그의 음식 만드는 실력도 충분히 일정 수준에 올라 있었다.

그래서 실제로 효연 영감 몰래 자신이 만든 음식을 손님들의 상에 내놓았던 적이 있었지만, 결과는 참혹했다.

음식 맛이 달라졌다며 손님들이 항의하는 바람에 주방장인 효연 영감에게 며칠 동안 시달렸다.

확 때려치우고 싶다는 생각이 몇 번이나 들 정도로 시달리고 난 다음에는 억울하다는 생각보다 오기가 생겼다.

화가 나기보다는 오히려 궁금해지기 시작했다.

대체 자신에게 부족한 것이 무엇인지가.

그래서 물었지만 효연 영감은 기다리라고 했다.

십 년만 지나면 자신은 숙수 일을 그만둘 생각이고, 그때는 손님들의 입맛을 사로잡는 독특한 맛을 내는 비법을 전수해 주겠다고 말했다.

'향신료야!'

그 이야기를 들으며 독특한 맛을 내는 비법을 향신료라고 생각했다.

실제로 효연 영감은 음식들을 내놓기 전에 정체를 알 수 없는 가루를 뿌렸으니까.

그 가루의 정체가 너무나 궁금했지만, 효연 영감은 다른 것은 몰라도 그 가루만은 철저히 보관했다.

직접 가르쳐 주지 않는 이상은 알아낼 방법이 없었다.

당시에 효연 영감이 비법을 전수해 주겠다고 약속했던 것은 십 년 후.

그로부터 약 오 년이 흘렀으니 그 비법을 전수받기 위해서는 앞으로도 오 년을 더 기다려야 했다.

"아직도 멀었군. 에이, 내 팔자야."

하대용이 투덜거리며 바닥에 쭈그려 앉았다.

"명색이 황학루의 부주방장인 내가 여기까지 와서 일을 해야 한다니."

장작불이 활활 타오르는 앞에 쭈그리고 앉아 땔감을 더 넣으며 불의 세기를 조절하고 있던 하대용이 한참 만에 몸을 일으켰다.

하도 오래 쭈그리고 앉아 있어서인지 허리가 찌뿌듯했다.

장작불 위에 놓인 가마솥 안의 육수가 팔팔 끓고 있는 것을 물끄러미 내려다보며 하대용이 신세 한탄을 시작했다.

지금 그가 있는 곳은 익숙한 황학루의 주방이 아니었다.

하대용은 마성장의 장주인 철무경의 환갑 잔치를 맞아 음식 준비를 위해 새벽부터 마성장에 불려와 일하고 있었다.

　물론 그 혼자 일하는 것은 아니었다.

　마성장의 장주인 철무경이 특별히 초빙한 여러 객잔에서 몰려든 서른 명이 넘는 숙수들이 음식 준비에 한창 열을 올리고 있었다.

　"후르릅."

　국자를 들어 팔팔 끓고 있는 육수의 맛을 보자 아직 밋밋한 맛이 느껴졌다.

　돼지 뼈와 각종 야채를 넣고 끓이고 있는 육수가 제 맛을 내기 위해서는 아직 반 다경은 더 끓여야 할 듯했다.

　바닥에 굴러다니는 장작 몇 개를 집어 불 속으로 던져 넣은 하대용이 슬그머니 걸음을 옮겼다.

　그런 그가 다가간 곳은 무를 썰고 있는 숙수의 곁이었다.

　"어디서 오셨소?"

　"철음객잔에서 왔수다."

　"아."

　철음객잔은 하대용도 알고 있는 곳이었다.

　자신이 일하고 있는 황학루만큼 큰 객잔은 아니었다.

　하지만 음식 맛이 뛰어나다는 소문이 퍼지면서 사람들이 몰린다는 이야기를 들었던 기억이 났다.

　'규화계. 그래, 규화계를 특히 잘한다는 소문을 들었던 기

억이 나는군!'

규화계는 닭을 이용한 요리였다.

닭 속에 버섯을 비롯한 각종 야채를 넣고 연잎으로 싼 뒤, 그 위에 다시 진흙으로 감싸서 구우면 완성되는 요리였다.

항주의 대표적인 요리로서 만드는 것이 그리 어렵지 않아 어느 객잔에서도 흔히 볼 수 있는 요리였지만, 그래서 독특한 맛을 낸다는 것이 더욱 어렵기도 했다.

"반갑소. 나는 황학루의 숙수인 하대용이라고 하오."

"아, 그렇소. 황학루에서 일하는 숙수이니 실력이 대단하겠구려. 이렇게 만나게 되어서 반갑소. 내 이름은 유당이오."

"실력은 무슨. 아직 칼질이나 배우고 있소."

같은 숙수 일을 하는 처지라서인지 하대용을 대하는 유당도 반가이 인사했다.

그리고 하대용은 자신을 추켜세워 주는 유당의 한마디를 듣고서 은근히 기분이 좋아져 어깨에 힘이 들어갔다.

"우리처럼 오늘 마성장에 일하러 온 숙수들이 많은가 봅니다."

"항주에서 이름 좀 있다는 숙수들은 모두 여기에 왔을 거요."

"그 정도요?"

하대용이 짐짓 놀란 표정을 짓자 조금은 창백하다는 느낌이 들 정도로 얼굴이 하얀 유당이 당연하다는 듯이 대답했다.

"마성장의 위세도 대단하지만 이곳의 장주인 철무경의 명성이 대단한가 보오. 사실 우리같이 음식이나 하는 사람들은 잘 모르지만. 어쨌든 이번에 축하하기 위해 찾아오는 인물들의 면면도 대단하다고 하오."

"……?"

"무당파의 장문인도 온다 하고, 화산파의 장로도 온다고 하오. 그뿐인가? 천하오대세가의 가주들도 모두 참석한다고 했소."

말 그대로 대단한 면면이었다.

황학루의 주방에서 매일 음식 재료와 씨름하고 있는 하대용의 입장에서는 평생 가야 한 번 볼 수 있을지 모를 인물들이었다.

자신과는 딴세상에서 살아가는 사람들.

그런 인물들을 볼 수 있을지도 모른다고 생각하니 가슴이 설레었다.

그리고 그보다 더 하대용의 가슴을 뛰게 만든 것은 그의 손으로 직접 만든 음식들을 그 대단한 자들이 맛본다는 것이었다.

"그분들이 제가 만든 음식을 맛본다고 생각하니 이거 괜히 가슴이 뛰는군요."

그래서 하대용이 솔직하게 자신의 속내를 털어놓았지만 유당은 쓴웃음을 지으며 고개를 가로저었다.

"우리가 만든 음식은 그들의 상에 올라가지도 않을 거요."

그 말을 듣는 순간, 하대용은 맥이 탁 풀리는 느낌이 들었다.

"그게 무슨 소립니까?"

그래서 따지듯이 묻자 유당이 손을 들어 어딘가를 가리켰다.

"저쪽을 보시오."

유당이 손을 들어 가리키는 방향으로 고개를 돌린 하대용의 눈에 아랫사람을 부리며 부산하게 움직이는 쉰 중반의 사내가 보였다.

"저자가 누굽니까?"

"이름까지는 나도 모르오. 다만 저자가 얼마 전까지 황궁에서 숙수로 일했다는 이야기는 들었소."

"황궁 숙수란 말이오?"

하대용이 눈을 동그랗게 떴다.

황궁에서 일하는 것은 그의 꿈이기도 했다.

아니, 요리를 하는 자들 모두가 가슴속에 품고 있는 꿈일 터였다.

자신이 만든 음식을 당금의 황제와 황족들이 먹는다는 것은 상상만으로도 가슴이 떨리는 일이었으니까.

"대체 얼마나 실력이 대단하기에……."

유당에게서 황궁 숙수라는 이야기를 들어서인지 하관이

좁고 입이 튀어나와 보잘것없는 외모의 사내가 갑자기 대단하게 느껴졌다.

"듣기로는 오늘의 행사를 위해서 무림맹에서 직접 초빙했다고 했소. 하여간 우리와는 차원이 다른 사람이오."

유당이 한마디를 덧붙였지만 하대용에게는 제대로 들리지도 않았다.

눈을 떼지 못하고 일거수일투족을 바라보던 하대용의 눈에 황궁 숙수가 품속에서 뭔가를 꺼내는 것이 보였다.

'저건?'

하대용이 눈을 빛냈다.

황궁 숙수가 품에서 꺼내 음식에 뿌리는 것은 비전의 향신료일 것이 틀림없었다.

그래서 욕심이 생겼다.

저 비전의 향신료에 숨겨진 비밀만 알아낸다면 효연 영감의 잔소리를 들으며 오 년씩이나 기다릴 필요가 없게 되는 것이었다.

그뿐이 아니었다.

고작 황학루의 주방에서 평생 썩는 것이 아니라, 훨씬 더 좋은 조건으로 다른 객잔으로 옮길 수도 있었다.

어쩌면 자신의 꿈처럼 황궁 숙수가 될 수도 있는 것이었다.

"이런, 육수가 끓는구려. 이만 가봐야겠소."

육수가 끓는다는 평계를 대고 조금 전까지 이야기를 나누던 유당과 헤어진 다음에도 하대용의 신경은 온통 황궁 숙수에게만 쏠려 있었다.

지금은 한가하게 잡담이나 나눌 때가 아니었다.

황궁에서 일하는 숙수의 실력을 볼 수 있는 기회는 자주 찾아오는 것이 아니었으니까.

황궁 숙수의 작은 손놀림 하나라도 놓칠세라 눈을 부릅뜨고 살피던 하대용의 눈에 부산하게 움직이며 요리를 만들던 그가 갑자기 어디론가 움직이는 것이 들어왔다.

그래서 아쉬운 표정을 짓고 있던 하대용의 머릿속에 하나의 계획이 스쳐 지나갔다.

'이건 하늘이 주신 기회다!'

육수가 팔팔 끓는 것으로 모자라 졸아들기 시작했지만, 하대용은 신경 쓰지 않고 황궁 숙수의 뒤를 따라 움직였다.

그리고 정말 하늘이 돕는 것일까.

황궁 숙수는 점점 으슥한 곳으로 걸어 들어갔다.

그가 들어간 곳은 주방의 뒷마당이었다.

장작더미 뒤에 몸을 숨기고 황궁 숙수를 몰래 살피던 하대용의 눈에 누군가가 다가오는 것이 보였다.

흑색 옷을 입은 마흔 중반의 사내.

심각한 표정으로 약 일각 가까이 이야기를 나눈 후 황궁 숙수와 이야기를 나누던 흑의인은 사라졌다.

꿀꺽.

그리고 하대용은 숨죽인 채 기다리며 마른침을 삼켰다.

비록 무공을 익힌 적은 없었지만 어릴 적부터 장사 소리를 들었던 그였다.

쉰이 넘은 비쩍 마른 중년 사내 하나쯤을 힘으로 제압하는 것은 일도 아니었다.

순간 이건 옳지 않은 일이라는 생각이 들어 주저하는 마음이 생기기도 했지만, 하대용은 힘차게 고개를 흔들었다.

일생을 통틀어 세 번밖에 찾아오지 않는다는 기회.

"인생? 그거 별거없어. 성공한 사람과 실패한 사람의 차이가 뭔 줄 알아? 딱 하나야. 성공한 자들은 자신 앞에 찾아온 기회를 놓치지 않고 움켜쥔 거고, 실패한 자들은 자신에게 기회가 찾아왔다는 것도 눈치채지 못하고 멍청하게 흘려보낸 다음에 신세 한탄만 하는 거지."

그리고 효연 영감이 술에 취해 했던 말도 떠올랐다.

지금 이 순간 그 기회가 찾아온 것이 틀림없다는 생각이 들자 마음속에서 싸우고 있던 욕심과 양심의 싸움에서 욕심이 승리를 거두었다.

'온다!'

마침내 이야기를 마치고 자신 쪽으로 걸어오고 있는 황궁 숙수를 확인한 하대용이 마음의 준비를 마쳤다.

와락.

그리고 갑자기 뛰쳐나가 황궁 숙수의 멱살을 움켜쥐는 것까지는 계획대로 진행되었다.

하지만 문제는 그다음이었다.

꿈쩍도 하지 않았다.

어릴 적부터 장사라 불렸던 하대용이 있는 힘을 다해 끌어당겼지만 체구도 그리 크지 않은 황궁 숙수는 바닥에 두 발이 고정된 장승마냥 요지부동이었다.

"내 뒤를 따른 이유가 뭐지?"

그제야 뭔가 이상하다는 느낌을 받고 하대용이 눈을 크게 뜰 때, 스산한 목소리가 그의 귓가로 파고들었다.

"난… 난 그저……."

뱀의 눈마냥 차갑게 번뜩이는 황궁 숙수의 눈빛.

그 눈빛을 정면으로 마주한 하대용은 심장이 덜컥 내려앉는 느낌이 들었다.

그리고 자신의 의지와 상관없이 힘이 빠져나가 후들거리기 시작하는 다리로 간신히 버티고 서 있던 하대용은 죽음의 공포를 느꼈다.

"말해!"

"난… 그저 비전의 향신료가 궁금해서… 그러니까 다른 이유는 없고……."

겁에 질려 횡설수설하는 하대용을 바라보던 냉막하기 그

지없던 사내의 입가로 조소가 스치고 지나갔다.

그런 그가 품을 뒤져 꺼낸 하나의 통을 하대용의 코앞으로 내밀었다.

"원하는 것이 이건가?"

코끝을 찌르는 강렬한 향.

겁에 질린 상황에서도 그 향을 맡은 하대용의 눈에는 탐욕의 감정이 떠올랐다.

그리고 그것을 확인한 사내가 선뜻 제안했다.

"갖고 싶나?"

"가… 갖고 싶소."

"그래. 근데 이걸 어쩌나? 마음 같아서는 건네주고 싶은데 아직 사용할 곳이 조금 남아서 말이지. 그럼 이건 어떨까?"

"……?"

"맛만 보도록 하게."

예상외의 제안이었다.

그 제안을 꺼내는 사내의 눈빛이 심상치 않았지만 이미 탐욕에 눈이 멀어버린 하대용은 그것을 눈치채지 못했다.

"고맙소."

하대용이 내민 손바닥 위로 사내가 통 안에 들어 있던 내용물을 뿌렸다.

행여나 바람에 실려 날아갈까 봐 서둘러 혀를 내밀어 손바닥을 핥던 하대용이 반쯤 넋이 나간 표정을 지었다.

혀를 마비시킬 정도로 강렬하면서도 톡 쏘는 첫 향.

그러나 이내 부드럽게 변하는 향은 하대용의 혼을 빼놓기에 충분했다.

'이거야!'

가슴속 깊숙한 곳에서부터 욕심이 손을 내밀었다.

조금 전까지 느껴지던 죽음의 공포마저도 잊게 만들 정도의 욕심을 느끼며 하대용이 주먹을 불끈 쥐려 했다.

그러나 이상하게 주먹에 힘이 들어가지 않았다.

한 대만 때리고 기절시킨 다음 향신료가 들어 있는 이 통을 훔쳐서 달아나기만 하면 되는데, 주먹이 제대로 쥐어지지 않았다.

"살다 보니 독을 먹기 위해 애원하는 놈도 다 있군."

그런 그의 귓가로 파고드는 한마디!

'독?'

그 말뜻을 한 번에 알아채지 못하고 멍하니 서 있던 하대용은 갑자기 목이 타는 듯한 갈증을 느꼈다.

그리고 수천 마리의 개미들이 한꺼번에 깨무는 듯한 격렬한 고통.

"치워라!"

목덜미를 부여잡고 쓰러져 있는 하대용이 마지막으로 들은 것은 황궁 숙수라 생각했던 사내의 무심한 목소리뿐이었다.

덜컹.

마성장의 정문 근처에 마차가 멈추어 섰다.

윤기가 자르르 흐르는 갈색 털을 자랑하는 네 마리의 건장
한 말이 이끄는 사두마차가 멈추어 서고 가장 먼저 마차 안에
서 내린 것은 사무진이었다.

그리고 남궁중천에게서 빼앗은 초대장을 들고서 지체하지
않고 걸어나가던 사무진의 소매를 붙잡은 것은 홍연민이었
다.

"왜 이리 서두르나?"

"배고파서요."

"아무래도 이건 무리한 계획이네."

"뭐가요?"

"그 초대장이 누구의 것인가?"

"알잖아요. 남궁세가의 소가주라고 하던 놈이 가지고 있던
거라는 것. 그놈 이름이 뭐였더라? 아, 여기 적혀 있네요. 남
궁중천."

"그래, 자네도 잘 알고 있군. 그럼 이게 얼마나 무리한 계
획인지는 누구보다 자네가 더 잘 알 것 아닌가?"

"모르겠는데요."

사무진은 정말로 모르겠다는 표정이었다. 그리고 그런 사
무진을 물끄러미 바라보던 홍연민이 어이없다는 표정을 지으

며 다시 질문을 던졌다.

"남궁중천의 별호가 무엇인가?"

"그건 알죠. 옥면신협."

"그걸 알면서도 그 초대장을 내밀 생각인가?"

홍연민은 어떻게 그런 양심도 없는 행동을 할 수 있느냐는 표정을 짓고 있었지만, 사무진은 당당했다.

"당연하죠."

"믿을 것이라 생각하나?"

"원래 옥면신협이라는 별호는 제 것이 되었어야 하는 거였어요."

고집을 굽히지 않는 사무진을 보며 고개를 절레절레 흔들던 홍연민이 도움을 청하기 위해 심 노인을 바라보았다.

하지만 언제나 그랬듯이 심 노인은 홍연민과 궁합이 맞지 않았다.

더구나 강자에게 약하고 약자에게 강한 인물의 전형적인 표본이었다.

"교주님의 말씀이 맞습니다. 옥면신협이라는 별호는 그 희멀건하기만 하던 남궁세가의 어린놈에게는 어울리지 않습니다. 바로 교주님께 어울리는 것이었습니다."

심 노인의 아부가 작렬했다.

그리고 아부를 듣고 기분이 좋지 않을 사람은 별로 없었다.

사무진이 히죽 웃으며 입을 뗐다.

"역시 심 노인은 보는 눈이 있네요."

"명색이 마교의 장로인데 이 정도 안목은 있어야 하지 않겠습니까?"

"나와 마음이 통하기도 하구요."

"역대 마교의 교주님과 장로들 중 가장 마음이 맞는 사이가 아닐까 싶습니다."

죽이 척척 맞아 들어가는 두 사람의 대화를 듣고 있던 홍연민이 결국 이마를 짚으며 이 계획의 다른 문제점을 제기했다.

"그래. 저기 정문 앞을 지키고 있는 자가 제정신이 아니라서 자네는 무사히 들어갈 수 있다 하더라도 우리는 어떻게 할 텐가?"

"남궁세가의 무인들이라고 하죠. '나와 함께 온 자들로서 남궁세가의 정예 무인들이다' 라고 하면 되지 않을까요."

"우리를 남궁세가의 정예 무인이라고 믿어줄 것 같나?"

사무진이 고개를 돌려 함께 온 마교의 인물들을 둘러보았다.

백발이 성성한 노파인 아미성녀, 툭 건드리면 뼈마디가 부러져 버릴 것처럼 삐쩍 마른 심 노인, 혼자 힘으로는 걸어다니는 것조차도 버거워 보이는 육소균, 그리고 다 헤어진 승복을 고집스럽게 입고 있는 파계승 행색의 장하일까지.

"흐음. 문제가 있네요."

"드디어 알아챘군."

"아무래도 이건 좀 어려울 것 같네요."

사무진이 한숨을 내쉬었다.

그리고 처음으로 홍연민의 우려에 동조했다.

"그 사실을 늦지 않게 깨달았다니 다행이로군. 그래, 이제 어찌할 텐가?"

"뭐, 어떻게든 되겠죠. 남궁세가의 무인들이 맞다고 우겨 보고 정 안 되면 기절시키고 들어가죠."

더 생각하는 것조차 귀찮다는 듯한 표정을 지은 채 한마디를 남긴 사무진은 홍연민이 잡을 새도 없이 보무도 당당하게 정문 앞에서 지키고 있는 사내의 앞으로 다가갔다.

홍연민의 걱정은 기우로 끝나지 않았다.

마성장의 정문 앞에서 안내를 맡고 있던 중년인은 정신만 제대로 박힌 것이 아니라 눈도 제대로 박혀 있었다.

사무진이 내민 초청장과 사무진의 얼굴을 번갈아 보던 중년인의 표정은 금세 심각하게 굳어졌다.

미심쩍은 눈빛으로 몇 번씩이나 사무진의 얼굴을 뜯어보면서 살피던 중년인은 자리에서 일어났다.

"옥면신협 남궁중천 소협의 초대장을 어디서 주웠느냐?"

그리고 한 번 확인해 보지도 않고 다짜고짜 소리를 지르는 중년인을 보며 사무진이 더벅머리를 긁적였다.

"안 통하네요."

"그럼 속을 줄 알았느냐?"

"전에 직접 만난 적이 있나 보네요?"

"없다."

"그런데 어떻게 알았어요?"

도무지 이해할 수 없다는 표정을 짓고 있는 사무진을 보던 중년인이 어이없다는 표정을 지었다.

"그럼 이게 가당키나 한 일이냐?"

"사실 나와 별 차이도 없던데. 아니, 내가 더 잘생긴 것 같은데."

사무진의 망발이 작렬했다. 같은 마교의 인물이니 한가족이라 불러도 상관없는 홍연민과 심 노인마저 고개를 돌려 외면하게 만드는 사무진의 망발.

그러니 마교와 전혀 상관없는 중년인은 어떨까.

아까부터 치밀어 오르고 있는 살심을 간신히 꾹꾹 눌러 참으며 중년인이 매서운 눈빛을 보냈다.

"초대장의 주인인 남궁중천 소협은 어디 있느냐?"

"객잔에서 자고 있어요."

"······?"

"수혈을 짚었거든요."

사무진의 대답을 듣고 반신반의하는 표정을 짓고 있던 중년인이 다시 질문을 던졌다.

"그럼 너는 누구냐?"

"철 장주의 환갑을 축하하기 찾아온 귀한 손님이죠."

"그러니까 정체를 밝히라고 했다."

"알면 놀랄 텐데."

사무진이 솔직한 속내를 털어놓으며 걱정스런 표정을 지었지만 중년인은 계속해서 자신을 기만한다고 생각해서인지 마침내 폭발했다.

"오늘은 경사스런 날이라 웬만하면 그냥 넘어가려 했는데 더는 안 되겠구나. 당장 이놈들을 이곳에서 쫓아내라!"

중년인의 명령을 듣고서 마성장의 무인들이 사나운 기세를 풍기며 사무진을 향해 다가오기 시작했다.

그리고 이 상황에서 가만히 있을 심 노인이 아니었다.

휘적휘적 걸어나온 심 노인이 마성장의 무인들 앞을 가로막았다.

"감히 마성장의 무인 따위가 어딜 나서느냐? 이분이 누구신 줄 알고 이러느냐? 눈이 있어도 알아보지 못하니 쓸데없는 눈깔을 모두 파내줄까?"

카랑카랑한 목소리로 심 노인이 소리를 질렀다.

그 기세가 워낙에 대단해 사무진을 향해 다가오던 마성장의 무인들이 움찔할 때, 이번에는 장하일이 나섰다.

"귀찮은데 다 죽일까?"

붉게 충혈된 눈으로 노려보며 나직하게 한마디를 던진 장하일이 중년인을 노려볼 때, 더욱 기세가 등등해진 심 노인이 다시 소리를 질렀다.

"마교의 교주님이 찾아왔으니 당장 장주 불러와!"

"……?"

"영광인 줄 알아. 이것들아!"

살짝 넋이 나간 것 같은 중년인을 향해 소리친 심 노인이 애꿎은 하늘을 노려보며 뒷짐을 졌다.

"전에도 한 번 말했던 것 같은데 우리가 그렇게 반가운 손님은 아니잖아요. 그러니 영광일 것까지야 있겠어요?"

"그게 무슨 겸손한 말씀이십니까? 이렇게 누추한 곳까지 교주님이 찾아주셨는데 삼대의 영광으로 여겨야 할 겁니다."

"그런가요?"

"물론입니다."

"어쨌든 조용하게 밥만 먹고 가려고 그랬는데 잘 안 되네요."

사무진과 심 노인이 나누는 대화를 듣던 홍연민은 골치가 아프다는 것을 느끼고 검지손가락으로 이마를 꾹꾹 눌렀다.

조금 전 사무진이 말한 대로 조용하게 밥만 먹고 가려는 것이 가능할 리가 없었다.

그것은 지금 이곳에 모인 구성원들만 봐도 알 수 있었다.

시간과 공간에 구애받지 않고 혓바닥을 뽑아내겠다는 둥, 다리를 분질러 버리겠다는 둥 망발을 늘어놓고 있는 심두홍.

살기로 인해 충혈된 눈을 번뜩이며 틈만 나면 '다 죽일까'

라는 살벌한 말을 던지는 장하일.

한 걸음을 뗄 때마다 지축이 울릴 정도로 요란한 소리를 만들어내는 육소균.

거기에 더해 모두의 눈에 띄는 붉은 눈썹 문신을 하고 있는 사무진까지.

어딜 가나 주목을 받을 수밖에 없는 조합이었다. 어쨌든 조금 전까지 심 노인과 함께 대화를 나누던 중년인은 심 노인이 뼈만 남은 앙상한 주먹으로 탁자를 후려치자 서둘러 마성장 안으로 들어갔다.

물론 심 노인이 탁자를 내려치는 것을 보고 놀라서 뛰어간 것은 아니었다.

심 노인이 내려친 탁자는 흠집도 나지 않았고, 오히려 탁자를 내려쳤던 심 노인만 주먹을 부여잡고 인상을 쓰고 있었으니까.

중년인은 사무진의 붉은 눈썹을 바라보다가 뭔가를 느낀 듯 안으로 들어간 것이었다.

그리고 안으로 들어간 중년인은 한참이 지나도 다시 나오지 않았다.

기다리는 것이 슬슬 지겨워지려는 찰나, 웬만해서는 움직이지 않는 육소균이 걸음을 옮기기 시작했다.

쿵. 쿵. 쿵.

한 걸음씩 뗄 때마다 그의 육중한 체중으로 인해 지축을 울리는 듯한 소리가 요란하게 흘러나왔다.

"어디 가요?"

"밥 먹으러."

"좀 참아봐요."

사무진이 설득했지만 육소균에게는 그 설득이 먹히지 않았다.

고개를 돌린 육소균이 만면에 인상을 가득 쓴 채 대꾸했다.

"배고파서 죽을 것 같아!"

식사 시간이 반 각 정도 늦어진다고 해서 죽지 않는다는 말을 꺼냈음에도 반쯤 눈이 돌아간 육소균의 귀에는 이미 들리지 않았다.

그리고 다시 마성장의 안으로 걸음을 옮기려는 육소균의 앞을 마성장의 무인들 넷이 가로막았다.

마교라는 이름이 주는 공포로 인해 긴장하고 있었지만, 순순히 마성장의 안으로 들어가게 놔둘 정도로 허술하지는 않았다.

"멈추시오."

"경고를 무시하고 더 움직인다면 공격하겠소!"

육소균이 걸어가는 속도에 맞춰서 주춤주춤 뒤로 물러나면서 마성장의 무인들이 경고했다.

하지만 육소균은 그 경고를 듣고도 콧방귀도 뀌지 않았다.

경고를 듣지 못한 사람처럼 육소균은 굳게 닫혀 있는 마성장의 정문을 향해 우직하게 걸음을 옮겼다.

그리고 이대로 물러나기만 해서는 안 되겠다는 것을 느낀 듯 마성장의 무인들이 서로 눈빛을 교환했다.

"이미 경고했던 바요."

짤막한 한마디와 함께 마성장의 무인들이 검을 휘둘렀다.

그래도 생명을 빼앗는 것은 원치 않았던 듯 그들이 휘두르는 검은 치명적인 요혈을 노린 것은 아니었다.

그리고 그 네 자루의 검은 육소균의 몸에 고스란히 틀어박혔다.

그러나 네 자루의 검신이 제대로 틀어박혔음에도 불구하고 육소균의 몸에는 생채기 하나 남아 있지 않았다.

"큭."

"크흑."

오히려 검을 휘둘렀던 마성장의 인물들이 반탄력으로 인해 손목을 움켜쥔 채 고통스런 표정을 지었다.

"이럴 수가……."

예상치 못한 상황에 당황한 표정을 지은 채 뒤로 물러나던 마성장의 무인들의 표정이 굳어졌다.

그들의 등에 닿은 것은 굳게 닫힌 마성장의 정문.

더 이상 물러날 곳이 없다는 것을 깨달았을 때, 육소균이 늘어뜨려져 있던 오른손을 들어 올리는 것이 눈에 들어왔다.

"피햇!"

엉거주춤한 자세로 서 있던 마성장의 무인들이 사방으로 흩어졌다.

퍼엉.

그리고 그 순간, 육소균이 휘두른 장력이 마성장의 정문에 제대로 틀어박혔다.

荷蒸乳蒸煎棗湯細腸美福佑弟子王興

至大改元四月佛浴道音廣爲傳行道

日弟子趙孟頫敬書長壁前丹

老君演此真妙經意

共同
傳人
공동전인

끼이익.

문을 열고 침소를 빠져나온 철무경이 하늘을 올려다보았
다.

신경이 곤두서서일까?

철무경은 새벽까지 잠을 이루지 못했다.

자신이 잠들기 전만 해도 간간이 빗방울이 떨어지며 흐렸
던 하늘이었지만, 지금은 언제 그랬냐는 듯 맑게 개어 있었
다.

높고 파란 하늘 사이로 지나가는 양떼구름을 감상하며 희
미한 웃음을 짓던 철무경이 힘차게 걸음을 옮겼다.

그에게 오늘은 중요한 날이었다.

처음으로 도를 손에 쥔 것이 열 살 무렵.

강호에 흔한 그저 그런 무인으로서 살다 죽을 수도 있었던 그의 인생에 반전의 계기가 된 것은 은거기인이었던 스승과의 만남이었다.

그 후 그는 불의와 타협하지 않기 위해 노력했고, 그렇게 시간은 흘러 오늘에 이르렀다.

그리고 그런 그의 삶은 헛되지 않아 그는 수많은 영웅들이 탄생하고 사라지는 강호에서 뚜렷한 족적을 남겼다.

자신의 분신이라 할 수 있는 마성장을 세웠고, 오늘 그의 환갑 잔치에는 강호에 명망이 높은 인물들이 그의 환갑을 축하하기 위해 대규모 방문을 했다.

"대접에 한 치의 소홀함이 없도록 특별히 신경 쓰도록 하라."

바삐 움직이고 있는 총관에게 다시 한 번 주의를 주고 철무경이 연회가 마련되어 있는 연무장으로 향했다.

그리고 드넓은 연무장을 가득 메우고 있는 손님들을 확인한 뒤, 철무경은 흡족한 웃음이 새어 나오는 것을 참을 수 없었다.

각양각색의 복장들.

승복을 입고 있는 자들도 있었고, 도복을 입고 있는 자도 있었으며, 평범한 장삼을 입은 자들도 있었다.

하지만 공통점은 이들이 모두 자신의 명성으로 인해 이곳을 찾아온 것이고, 지금 모습을 드러낸 자신을 향해 시선을 던지고 있다는 것이었다.

뜨거운 환호와 축하를 보내고 있는 각지에서 몰려든 인파를 향해 가볍게 손을 들어 올린 철무경이 어깨를 폈다.

그런 그가 상석으로 걸음을 옮겼다.

그리고 철무경이 걸어가고 있는 상석에는 이미 몇 명의 인물들이 미리 일어나서 그를 기다리고 있었다.

하나같이 강호의 명숙들.

가장 먼저 그를 맞이한 것은 무당파의 장문인인 태을 진인이었다.

다음은 소림사의 나한전주이자 현 소림사의 장문인을 맡고 있는 각원 대사의 사제인 각인 대사, 화산파의 장문인인 현월 진인.

그 외에도 현 강호를 주름잡고 있는 각 문파를 대표하는 무인들이 찾아와 그에게 축하 인사를 건네고 있었다.

어찌 기껍지 않을까.

판에 박힌 인사가 오갔다.

그리고 평소라면 그 판에 박힌 인사를 수십 번씩이나 되풀이하면서 지겨움을 느꼈을 테지만 오늘은 아니었다.

한껏 기분이 좋아진 철무경이 무려 반 각에 걸쳐서 인사를 나누고 겨우 자신의 자리에 앉아 숨을 돌릴 때였다.

"철 숙부!"

자신을 부르는 소리가 들리는 방향으로 고개를 돌렸던 철무경의 눈에 유가연의 모습이 들어왔다.

그리고 그런 유가연의 뒤쪽으로는 현 무림맹의 맹주를 맡고 있는 유정생이 호위무사들을 대동한 채 다가오고 있었다.

"가연이로구나."

"생신 축하드려요."

"그래, 고맙구나."

유가연에게 인사를 건넨 철무경이 유정생을 향해 포권을 취하며 고개를 숙였다.

"맹주께서 직접 오실 것은 예상치 못했습니다."

그리고 이 말은 사실이었다.

기껏해야 외당 당주인 권왕 서붕이나 내당 당주인 무정검 냉후생 정도를 축하 사절로 보낼 것이라 예상했는데 그의 예상이 빗나간 셈이었다.

"아우님의 환갑 잔치인데 내 어찌 찾아오지 않을 수 있겠나. 축하하네."

"감사합니다."

예상치 못한 유정생의 등장으로 철무경의 어깨에는 더욱 힘이 들어갔다.

자리에 앉은 철무경이 흐뭇한 표정으로 앞에 놓인 차를 들어 올릴 때, 다급한 표정을 지은 채 총관이 다가오는 것이 보였다.

"웬 호들갑인가?"

"문제가 생겼습니다."

"문제?"

"마교가 찾아왔습니다."

총관이 귓가에 속삭이는 말을 듣고서 철무경의 표정이 굳어졌다.

마교가 찾아왔다는 이야기를 듣는 순간, 사무진의 얼굴이 떠올랐다.

그와 동시에 '올 것이 왔구나'라는 생각도 들었고.

"무슨 일인가?"

"별일 아닙니다."

표정이 굳어지는 철무경을 확인한 유정생이 던지는 질문에 대충 둘러댄 후, 철무경이 다시 총관의 귀에 속삭였다.

"자네 대체 일 처리를 어찌하는 건가?"

"네?"

"내가 분명히 초대장을 보내지 말라고 하지 않았던가?"

"장주님이 시키신 대로 초대장은 보내지 않았습니다."

"그런데도 찾아왔다? 대체 왜 왔다고 하던가?"

"거기까지는 아직 파악하지 못했습니다. 다만 당장 장주님을 불러오라고 소리쳤다고 합니다."

"나를?"

"네. 지금 정문 밖에서 소란을 피우고 있다고 합니다."

"곤란하군."

가벼운 탄식을 흘리며 철무경이 자리에서 일어났다.

아직 강호의 인물들은 태사령 임무성을 죽인 것을 자신으로 알고 있었다.

그로 인해 자신의 명성은 이전에 비해 한층 더 올라갔는데 이제 와 그것이 거짓이라고 들통난다면 큰일이었다.

물론 사무진이 들어와서 임무성을 죽인 것이 자신이라고 소리친다 하더라도 순순히 믿을 인물은 얼마 없겠지만, 아예 그런 일이 발생하지 않게 하는 것이 최선이었다.

그리고 그러기 위해서는 직접 얼굴을 마주하고 대화를 통해서 해결하는 편이 옳았다.

"어떻게 처리할까요?"

"내가 직접 나가보지."

결심을 굳힌 철무경이 자리하고 있는 강호의 명숙들에게 양해를 구하고 움직이려 할 때였다.

퍼엉.

엄청난 폭음과 함께 마성장의 정문이 산산조각 났다.

"이미 늦었군!"

그것을 확인한 철무경의 입에서 답답한 한숨이 새어 나왔다.

뿌연 먼지가 가라앉고 난 다음 철무경의 눈에 보이는 것은 비대한 체구의 사내와 그의 뒤에 서 있는 사무진의 얼굴이었다.

그것을 확인한 철무경이 비조처럼 신형을 날려 그 앞으로 다가갔다.

"이게 대체 무슨 짓……?"

"긴말 할 시간이 없어요."

"……?"

"빨리 한 상 차려줘요."

그리고 질책하듯 한마디를 던지던 철무경의 말을 도중에 가로챈 것은 사무진이었다.

"우리 육 호법이 배가 고파서 신경이 극도로 예민해져 있거든요. 우리 육 호법이 흥분하면 나도 못 말려요."

믿어야 할까.

반신반의하는 표정으로 서 있던 철무경은 감은 듯 보이던 육소균의 눈이 조금 커지며 광망이 새어 나오는 것을 확인하고 마음이 급해졌다.

하지만 그렇다고 해서 이미 탁자에 앉아 있는 손님들을 무턱대고 나가라고 할 수도 없는 노릇이었다.

그래서 철무경이 잠시 망설일 때, 사무진이 다시 소리를 질렀다.

"잘못하면 오늘 잔치는 여기서 막을 내릴지도 몰라요."

"설마?"

"자꾸 머뭇거리고 있으면 나도 다 생각이 있어요."

"뭘 말인가?"

"태사령 임무성을 죽인 것이 사실은 철 장주가 아니라……."

"어서 이리로 오게."

철무경이 서둘러 사무진의 말을 가로막았다. 이마에서 흐르고 있는 식은땀을 닦을 생각도 하지 못하고 이리저리 고개를 돌리던 철무경이 급한 마음에 홍천문의 무인들이 미리 자리를 잡고 앉아 있던 곳으로 사무진과 육소균을 안내했다.

별안간 자리를 빼앗긴 홍천문 무인들의 얼굴에 노골적인 불만이 떠올랐지만, 초조한 철무경은 거기까지 신경 쓸 틈이 없었다.

"조용히 밥만 먹고 갈게요."

그리고 사무진이 던지는 한마디를 듣고서 철무경이 긴 한숨을 내쉬었다.

이렇게 요란하게 등장해 놓고서 조용히 밥만 먹고 가겠다니.

연무장에 모인 모두의 시선이 쏠린 것을 느끼며 안절부절 못하고 있던 철무경이 이마를 짚었다.

"아저씨!"

그때 치마를 휘날리며 달려온 유가연이 두 팔을 벌려 사무진의 목을 끌어안고 매달리는 모습이 그의 눈에 들어왔다.

"보는 눈도 많은데 그만 떨어지지?"

"뭐 어때? 볼 테면 보라지."

"이런 적극적인 애정 표현을 보면 배 아파하는 사람들이 많을 거야."

"누가?"

"예를 들면 여자를 가까이하면 안 되는 소림의 승려들이나 도사들은 얼마나 우리를 부러워하겠어?"

"부러우면 파문당하라고 그래."

"그래, 그런 방법도 있구나."

유가연은 역시 적극적이었다.

절대로 풀어주지 않겠다는 의지를 표현하듯 오히려 목을 끌어안고 있는 두 팔에 실린 힘을 더했다.

당황한 것은 사무진뿐이었다.

"이러다가 소문나면 어쩌려고 그래?"

"그게 뭐 어때? 어차피 소문날 만큼 났는데."

"그래도."

"가만, 좀 이상한데. 혹시 그새 다른 여자가 생긴 거 아냐?"

냉큼 떨어진 유가연이 가늘게 눈을 뜨고 흘기기 시작했다.

"오해야."

"수상해!"

"내가 좀 잘생기기는 했지만 쉬운 남자는 아냐."

"잘생겼다는 것은 인정하지만 그래도 수상해!"

팽팽하게 신경전을 벌이는 사무진과 유가연.

두 사람 사이에 오가는 대화를 듣던 철무경이 도무지 이해할 수 없다는 표정을 지은 채 둘을 바라볼 때였다.

"잘 어울리지 않는가?"

어느새 다가온 유정생이 흡족한 웃음을 지은 채 질문을 던지고 있었다.

그리고 철무경이 뭔가 대답을 하기도 전에 유정생은 정색한 채 사무진을 향해 한마디를 건넸다.

"미리 경고하겠네."

"뭘요?"

"만약 가연이 몰래 한눈을 판다면……."

"판다면?"

"정마대전이 벌어질 걸세."

"무서워 죽겠네요."

사무진의 숨을 턱 막히게 하는 무시무시한 협박을 날린 후, 유정생이 희미한 웃음을 지은 채 아미성녀에게 인사를 건넸다.

"오래간만에 뵙습니다."

"그렇구려."

"거처를 옮기셨다 들었는데 불편하지 않으십니까?"

부딪히는 시선.

"어차피 천수가 얼마 남지 않은 몸뚱아리. 불편할 것이 무에 있겠소? 그 끝에 무엇이 있을지는 모르지만 마음이 내키는 대로 가보려 할 뿐이오."

현기가 번뜩이는 아미성녀의 두 눈을 응시하던 유정생이 고개를 끄덕인 후, 다시 사무진에게로 고개를 돌렸다.

"여긴 어쩐 일인가?"

"회식하러 왔어요."

"회식?"

"여기 오면 공짜로 진수성찬을 얻어먹을 수 있다고 해서 요."

"마교의 회식 장소로 딱히 어울리는 장소는 아니군."

피식 웃음을 지은 유정생이 갑자기 생각난 듯 다시 말했다.

"요즘 잘 나가더군."

"뭐가요?"

"사도맹주의 둘째 아들을 반쯤 죽여놓을 수 있는 것은 아무나 할 수 있는 것이 아니지. 용기가 대단해."

"솔직히 말할까요? 일단 일을 벌여놓기는 했는데 겁이 나서 밤에 잠도 제대로 못 자고 있어요."

"하핫. 자네가 솔직히 털어놓았으니 나도 솔직히 말하도록 하지. 나는 묵힌 체증이 내려갈 정도로 속이 시원했다네."

대소를 터뜨리던 유정생이 회식 잘하라는 말을 남기고 돌아갔다.

물론 유가연은 함께 돌아가지 않았다.

사무진의 곁에 착 달라붙은 유가연은 정소소를 확인하고

경계의 눈초리를 보냈다.

"저 여자는 뭐야?"

"글쎄… 뭐라고 설명할까? 저놈 애인이야."

사무진은 유가연의 귓가에 대고 서문유의 애인이라고 설명했다.

그리고 그 말을 들은 유가연이 말도 안 된다는 표정을 지었다.

"설마?"

"진짜야. 내가 바로 옆에서 들었어. 분명히 사랑한다고 속삭였어."

"그럼?"

"그래. 남자일지도 몰라."

사무진과 유가연이 시답지도 않은 이야기를 나누는 사이에도 좌중의 관심은 여전히 집중된 상태였다.

그리고 그것을 느낀 철무경이 간절한 표정으로 부탁했다.

"정말 조용히 밥만 먹고 가도록 하게."

"그럴 거라니까요."

"어쨌든 축하하기 위해서 찾아와 줘서 고맙군."

"고맙긴요. 뭘, 우리 사이에."

"우리 사이라니?"

"서로 비밀을 공유하는 사이잖아요."

사무진의 대답을 들은 철무경의 안색이 급격하게 어두워

졌다.

　홍연민의 예상이 맞았다.

　육소균이 멀쩡한 마성장의 정문을 부수고 들어올 때부터 조용히 밥만 먹고 가겠다는 사무진의 의도는 빗나간 셈이었다.

　장내가 술렁이기 시작했다.

　처음 목소리를 낮추고 소곤거리던 것이 어느새 웅성거림으로 변하기 시작했다.

　"마교라는군!"

　"저놈이 그 사악한 마교의 교주로군. 진짜 눈썹이 피처럼 붉잖아."

　"역시 마교 놈들은 씨가 달라. 생긴 것부터 잔혹해 보이잖아."

　"마교 놈들이 대체 여긴 왜 온 거야? 에이 퉤, 오래 살다 보니 별일이 다 있군. 마교 놈들과 마주 앉아서 밥을 먹게 될 날이 있을 줄이야."

　마교의 인물들을 향해 집중되고 있는 중인들의 시선에 담긴 감정은 크게 두 가지로 나눌 수 있었다.

　하나는 호기심.

　그리고 다른 하나는 맹렬한 적의.

　물론 호기심은 극히 일부에 불과했다.

　장내에 모인 이들 중 대부분은 맹렬한 적의가 담긴 시선으로 사무진과 마교 일행을 노려보고 있었다.

그나마 다행인 것은 무림맹주인 유정생이 마교와 다툼을 벌이는 문파는 무림맹에서 탈퇴시킨다는 엄명이 있었다는 것이었다.

노골적으로 적의를 드러내고 있었지만 서로 눈치만 살필 뿐 어느 누구도 먼저 나서지는 않았다.

하지만 어디서나 마찬가지이듯 사람들이 많이 모이면 급한 성격을 감추지 못하고 선동하는 자가 있게 마련이었다.

그리고 그것은 오늘도 마찬가지였다.

"나는 이 상황을 도저히 참을 수 없소!"

노기가 실린 커다란 목소리로 소리치며 자리에서 일어선 것은 홍천문의 문주인 현우량이었다.

자신을 향해 쏠려 있는 모두의 시선을 일일이 마주하던 현우량은 마지막으로 슬쩍 유정생 쪽을 살핀 후 다시 소리쳤다.

"사악한 마교의 무리들과 한자리에서 식사를 한다는 것이 가당키나 한 일이란 말인가? 나 홍천문의 문주인 현우량은 결코 이것을 용납할 수 없소. 비록 무림맹에서 나가게 되는 한이 있더라도 할 일은 해야 직성이 풀리겠소."

그 말을 던지고 다시 한 번 유정생을 살핀 현우량은 유정생이 특별한 반응을 보이지 않는 것을 확인하고 용기를 얻은 듯 사무진을 노려보았다.

"옳소."

"이건 말도 안 되는 일이오."

그리고 자신에게 동조하는 좌중의 인물들의 말에 힘을 얻은 현우량이 더욱 큰 소리로 소리쳤다.

"감히 이곳이 어디라고 사악한 마교 놈들이 찾아왔단 말이냐? 당장 이곳을 떠나거라. 아니면 홍천문의 이름을 걸고 사악한 마교의 무리들을 이 자리에서 처단하겠다."

"……."

하지만 사무진에게서는 아무런 대답도 흘러나오지 않았다.

아니, 그의 노기 어린 목소리가 들리지도 않는 듯 고개조차 돌리지 않는 사무진을 바라보던 현우량의 얼굴이 붉게 상기되었다.

"어서 대답하거라!"

"……."

"이번이 마지막 경고다. 당장 대답하지 않는다면 검을 들겠다!"

어느새 허리에 걸려 있는 검병 위로 손을 가져간 채 현우량이 마지막 경고를 던지자, 그제야 사무진이 고개를 돌렸다.

"나도 경고 하나 할까요?"

"……?"

"홍천문이라고 했죠? 그 검을 뽑는 순간 당신을 비롯한 홍천문의 인물들은 모두 죽을 거예요."

"이… 이놈이……."

"흘려듣지 말아요. 당신이 말한 대로 사악한 마교의 힘이 얼마나 무서운지 볼 수도 있으니까."

분노로 인해 볼 살을 푸들푸들 떨고 있는 현우량의 검병을 움켜쥐고 있던 오른손의 힘줄이 불거졌다.

스르릉.

현우량의 검이 검집을 빠져나왔다.

무척이나 보검인 듯 검신에서 뿜어지는 청광을 물끄러미 바라보던 사무진이 히죽 웃음을 지으며 입을 뗐다.

"일단 심 노인 좀 말려요."

아니나 다를까.

이 상황에 가만히 있을 심 노인이 아니었다.

어느새 벌떡 자리에서 일어난 심 노인은 현우량을 향해 삿대질을 하며 뭔가 소리치려 하고 있었다.

"감히 마교의 교주님 앞에서 검을 뽑았……."

심 노인이 이런 행동을 할 것을 미리 예상하고 있었기에 늦지 않게 몸을 날린 홍연민이 가까스로 늦지 않게 심 노인의 입을 틀어막았다.

그리고 그제야 홍연민이 안도의 한숨을 내쉬었다.

만약 심 노인의 입을 틀어막는 것이 조금만 늦었다면 이곳에 모인 모든 무인들이 마교를 향해 검을 들었을 것이 틀림없었다.

심 노인은 그만한 재주가 있다는 것을 몇 번씩이나 증명한 적이 있었으니까.

"아무래도 조용히 밥 먹기는 틀린 것 같네요."

"그러게 말일세. 이제 어찌할 생각인가?"

"그건 제가 묻고 싶은 말이네요. 그런 건 군사가 대답해야 하는 것 아닌가요?"

"글쎄."

쉽게 대답하지 못하고 홍연민이 망설였다.

최선은 지금 검을 빼 들고 있는 현우량과 부딪치지 않고 끝나는 것이었다.

하지만 순순히 물러나기에는 마교의 체면이 걸렸다.

검을 뽑으면 이 자리에 있는 홍천문의 무인들을 모두 죽이겠다는 엄포까지 놓아둔 마당에 이대로 곱게 물러선다면 강호인들은 마교를 우습게볼 것이었다.

그렇지만 부딪치는 것도 내키지 않기는 마찬가지였다.

장소가 장소인만큼 일이 잘못되면 여기 모인 정파의 무인들을 자극하게 될 것이 틀림없었고, 그랬다가는 일이 너무 커지게 되는 것이었다.

"어렵군."

"그런 말은 나도 할 수 있어요. 좀 더 군사답게 말해봐요."

"최선을 취하기는 힘들 듯하니 최악은 피하도록 하세."

"그렇게 말하니 좀 있어 보이긴 한데……."

"……?"

"나도 못 알아듣겠어요."

이 심각한 상황에 직면해서도 히죽 웃고 있는 사무진을 확인하고서 홍연민이 한숨을 내쉬며 다시 말했다.

"홍천문만 박살 내도록 하세."

"다시는 못 기어오르게요?"

"그래, 최대한 처절하게 박살 내주는 편이 좋겠지."

홍연민의 생각이 자신과 크게 다르지 않음을 확인한 사무진이 고개를 끄덕이며 자리에서 일어났다.

그리고 노기를 담은 눈빛으로 노려보고 있는 현우량을 향해 입을 뗐다.

"솔직히 말해봐요."

"무엇을 말이냐?"

"사악한 마교 놈들과 한자리에서 밥을 먹을 수 없다는 말은 핑계죠?"

"……?"

"아까 우리한테 자리를 내준 것 때문에 화난 것 아니에요?"

"그게 무슨… 말도 안 되는 소리냐? 세 치 혀를 놀려 나를 모함하지 마라."

정곡을 찔려서일까.

언성을 높여 부인하는 현우량은 말을 더듬고 있었다.

그리고 그 모습을 피식 웃으며 바라보던 사무진이 다시 말하기 시작했다.

"사악한 마교라는 말은 단순한 핑계죠."

"핑계라니?"

"좋아요, 그럼 다시 물어보죠. 아까부터 마교가 사악하다고 그러는데 왜 그렇게 말했는지 이유를 말해봐요."

"그 이유야 수도 없이 많지. 너무 많아서 일일이 열거하기조차 힘들다. 아무런 이유도 없이 양민들을 학살하고, 무고한 자들을 학살하였으며……."

"언제요?"

질문이 끝나자마자 기다렸다는 듯이 대답을 꺼내고 있던 현우량의 말이 끝나기도 전에 사무진이 되물었다.

"그야… 조금 오래전의 일이기는 하지만……."

"내가 마교를 재건한 이후로 그런 적이 있었나요?"

현우량은 말문이 막혔다.

대답하지 못하고 머뭇거리고 있는 현우량에게 사무진이 하고자 했던 말을 꺼내기 시작했다.

"홍천문에도 마교의 배첩이 도착하지 않았을 리는 없을 테니 봤겠네요. 새로운 마교라고 적었던 것은 그냥 한 말이 아니에요. 솔직히 말해서 예전의 마교가 어땠는지는 나도 몰라요. 내가 태어나기도 전의 일이니까. 하지만 적어도 내가 재건한 마교는 다를 거예요."

"그걸 어떻게 믿느냐?"

"자꾸 소리 지르지 말고 가만히 좀 들어봐요. 홍 군사, 마교가 재건한 뒤에 한 일에 대해서 말해봐요."

사무진의 말이 끝나기 무섭게 홍연민이 준비했다는 듯이 입을 열기 시작했다.

"강호에 배첩을 돌리고 마교가 재건한 뒤 다른 문파와 무력 충돌이 있었던 것은 지금까지 단 세 번에 불과합니다. 첫 번째로 부딪쳤던 것은 섬서성에서 활동하던 문파인 사공회였습니다."

"이유는?"

"그들이 먼저 공격을 해왔기 때문에 부딪칠 수밖에 없었습니다. 결과는 사공회주를 포함한 일백이 넘는 사공회의 무인들은 단 일다경 만에 전멸했습니다. 그리고 그들이 저희 마교에 선제공격을 한 이유에 대해 굳이 추측해 본다면……."

"추측해 본다면?"

"마교라는 이름 때문이겠지요."

끄덕.

사무진이 고개를 끄덕이자 홍연민이 남은 두 번의 충돌에 대해서 설명하기 시작했다.

"두 번째 충돌은 마교의 개파식에 참석한 사도맹주의 둘째 아들인 호중경과의 대결이었습니다. 결과는 호중경의 패배로 단전이 파괴되어 무인으로서의 생명이 끝났다고 알려졌습니다.”

장내에는 적막만이 흘렀다.

바늘이 떨어지는 소리마저도 들릴 정도로 조용한 장내의 인물들은 홍연민의 다음 이야기를 기다리고 있었다.

“마지막은 호중경의 복수를 하기 위해 찾아왔던 사도맹의 무인들과의 충돌입니다. 사도맹 서열 오위에 올라 있는 구유신도 종리원과 팔위에 올라 있는 생사판 염혼경이 약 일백의 수하를 이끌고 마교를 공격했습니다. 결과는 종리원과 염혼경을 비롯한 사도맹 무인들의 전멸입니다. 이상입니다.”

마침내 홍연민의 이야기가 끝나자 적막하다는 느낌이 들 정도로 조용하던 장내가 술렁이기 시작했다.

사공회의 전멸과 사도맹주의 둘째 아들인 호중경의 소식까지는 이미 강호에 알려졌던 사실이었다.

하지만 종리원과 염혼경, 그리고 그들이 이끌고 간 일백여의 수하까지 마교에서 생을 마감했다는 사실은 처음 듣는 이야기였다.

이 소식은 중인들에게 당혹스러움을 넘어 충격을 전해주었다.

그리고 그중에서도 가장 큰 충격을 받은 이는 현우량이었다.

“사실이냐?”

“치사하게 없는 말을 지어내지는 않아요.”

"그게 사실이라면… 그렇다면……."

"이제 슬슬 겁이 나죠?"

당혹스러움을 감추지 못하고 있는 현우량을 바라보던 사무진이 비아냥을 담은 한마디를 던졌다.

"만만하다고 생각했겠죠."

"……?"

"그러니까 마교와 시비가 붙는다 하더라도 겁날 것이 없다. 지금 마교는 예전에 성세를 구가할 때완 달리 약해빠진 곳이라고 생각했으니까 이렇게 도발을 했겠죠. 더구나 사악한 마교의 무리들을 처단했다는 명성도 얻을 수 있으니까 일석이조라고 생각했겠네요. 그런데 이걸 어쩌죠? 안타깝게도 우리 마교는 그리 만만한 곳이 아니에요. 그리고 이제부터 마교의 무서움을 직접 몸으로 느끼게 만들어줄게요."

점점 표정이 일그러지고 있는 현우량을 바라보던 사무진이 주먹을 말아 쥐었다.

"다 죽일까?"

상황은 또 다른 방향으로 흘러가기 시작했다.

그리고 이 상황에 가장 신이 난 것은 장하일이었다.

짙은 살기를 뿜어내며 붉게 충혈된 눈으로 현우량을 비롯한 홍천문의 무인들을 노려보고 있던 장하일이 사무진의 곁으로 다가오며 한마디를 던졌다.

"그럴 수 있겠어요?"

"일각이면 충분하다."

그리고 장하일이 일말의 망설임도 없이 대답하자 가뜩이나 표정이 좋지 않던 현우량의 얼굴이 일그러졌다.

"이런 미친놈을 봤나."

현재 장내에는 현우량을 비롯해 스무 명의 홍천문 무인들이 자리하고 있었다.

그리고 이곳에 온 홍천문의 무인들은 현우량이 직접 심혈을 기울여 가르친 현검대였다.

그런 자신들을 일각 만에 몰살시킬 수 있다고 말하는 장하일을 보고서 어찌 화가 나지 않을까.

모욕을 당했다고 생각한 현우량이 거칠게 숨을 몰아쉬며 소리를 질렀지만, 사무진은 태연하게 대꾸했다.

"이분이 우리 마교의 우호법이신 장하일 호법이세요. 아직 잘 모르시나 본데 종리원과 염혼경이 직접 가르쳤다는 사도 맹의 무인들 일백을 단신으로 모두 죽인 것이 우리 장 호법이에요. 어때요, 이젠 믿기나요?"

곤혹스런 표정을 지은 채 아무런 대답도 하지 못하는 현우량을 바라보던 사무진이 이번에는 육소균을 가리켰다.

"참고로 이분은 우리 마교의 좌호법이신 육소균 호법이에요. 이름이 알려지는 것을 워낙 싫어하셔서 모르시는 분들도 많겠지만 실력 하나만큼은 대단하신 분이죠. 단신으로 구유신도 종리원을 죽이신 분이니까요."

현우량의 안색이 하얗게 변했다.

그리고 이 말을 듣고 놀란 것은 그만이 아니었다.

장내에 있던 모든 이들의 시선이 육소균에게 쏠렸다.

자리에 앉아 있는 것조차 버겁게 느껴지는 비대한 몸집.

전혀 고수다운 풍모가 느껴지지 않았기에 신경 쓰지 않았던 인물이 사도맹 서열 오위에 올라 있던 종리원을 죽인 고수라는 사실이 중인들을 놀라게 한 것이다.

그 반응을 확인한 사무진이 히죽 웃으며 한마디를 덧붙였다.

"아직 끝이 아니에요. 실력에 비해 거품이 좀 있기는 하지만 저기 죽립을 쓰고 있는 세 사람이 바로 마도삼기죠. 그리고 더 설명하고 싶은 사람들도 많지만 여기까지만 하죠. 어때요? 아직도 자신이 있나요?"

"그야… 물론이다."

"진짜요?"

"네 말이 모두 사실이라 하더라도 나 현우량과 홍천문의 무인들은 사악한 마교의 무리들이 두려워서 도망치지는 않는다."

홍천문의 문주답게 현우량이 당당하게 소리치며 고개를 돌렸다.

그리고 자신을 바라보고 있는 중인들을 향해 격앙된 목소리로 소리쳤다.

"우리 홍천문과 힘을 합쳐 사악한 마교의 무리들을 처단하도록 합시다."

내력이 실린 현우량의 목소리에는 짙은 호소력이 실려 있었다.

"옳소."

"현 문주님의 말씀이 옳습니다. 이곳에서 마교 놈들이 활개치고 돌아다니는 것부터가 말도 안 되는 일이오."

그래서 몇몇 인물들이 동조하며 자리를 박차고 일어나려는 것을 바라보던 사무진이 미간을 찌푸렸다.

"괜히 일을 크게 벌이지 말아요."

"무슨 소리냐?"

"혼자 싸우기에는 겁이 나서 괜히 다른 사람들까지 끌어들이려는가 본데 그러지 말아요. 더 치사해 보이니까."

"감히 그런 말을……."

"간단하게 일대일로 하죠."

"일대일이라면?"

"나하고 당신이 붙어서 지는 쪽이 깨끗하게 패배를 인정하는 거죠. 어때요? 이것도 겁나요?"

현우량의 눈빛이 흔들렸다.

그리고 머리를 굴려 계산하던 현우량이 곤혹스런 표정을 지은 채 사무진을 노려보며 천천히 고개를 끄덕였다.

"공간을 만들어라!"

현우량의 명령이 떨어지자 홍천문의 무인들이 상을 치워 대결할 수 있는 공간을 순식간에 만들었다.

잔뜩 긴장한 표정으로 검을 늘어뜨리고 있는 현우량의 맞은편에 선 사무진이 좌우로 고개를 꺾어 굳어진 몸을 풀며 만족스런 표정을 지었다.

조금 전 사무진이 꺼냈던 제안.

현우량으로서는 거절할 수 없는 제안이었다.

만약 자신이 제안했던 대결을 피했다가는 그가 지금까지 쌓아왔던 명성에 치명상을 입게 되는 셈이었으니까.

물론 불패검수라 불리는 본인의 실력에 대한 믿음도 이 대결을 승낙하게 된 이유가 되었을 것은 두말할 필요도 없었다.

"잘 생각했네요. 안 그랬으면 아까운 제자들까지 모두 죽게 되었을 텐데 현명한 선택을 한 거예요."

"흥, 건방이 하늘을 찌르는구나."

긴장을 풀기 위해 노력하며 호흡을 가다듬고 있는 현우량을 힐끗 살핀 사무진이 고개를 들었다.

이 대결의 결과에 호기심을 드러내며 장내의 모든 이들의 시선이 집중되어 있었다.

그리고 그것은 상석에 앉아 있는 인물들도 마찬가지였다.

유정생과 철무경을 비롯해 거대 문파의 장문인들과 가주들이 눈을 빛내고 있는 것을 확인한 사무진이 주먹을 말아 쥐었다.

자신을 바라보고 있는 시선에 담긴 의미가 무엇인지 모를 그가 아니었다.

모두가 궁금할 것이었다.

아직은 베일에 가려져 있는 마교.

그 마교 교주의 실력을 확인하고 싶은 것이었다.

그리고 지금 사무진이 보여주는 실력에 따라서 마교를 바라보는 그들의 시각은 또 달라지게 될 것이었다.

'저 시선들이 의미하는 것이 무엇인지 알고 있겠지?'

뒤로 고개를 돌린 사무진의 눈에 홍연민이 주먹을 불끈 쥐는 것이 보였다.

입을 열어 말하지는 않았지만 홍연민은 그렇게 묻고 있었다.

'조금 미안하긴 하지만 철저하게 박살 낸다!'

마지막으로 홍연민과 시선을 부딪친 후 사무진이 결심을 굳혔다.

"안 와요?"

"삼 초식을 양보하겠다."

그리고 현우량이 꺼낸 대답을 듣고서 사무진이 피식 웃었다.

"후회할 텐데."

"흥, 그럴 일은 없을 것이다."

"그럼 그러던가요."

"……?"

"대신 나중에 그것 때문이었다고 핑계대지 말아요."

쿵.

사무진이 오른발을 들어 힘차게 진각을 밟았다.

뿌연 흙먼지가 피어오르는 사이로 희끗희끗하게 변한 사무진의 신형이 움직이기 시작했다.

현우량과 떨어져 있던 삼 장의 거리를 순식간에 좁힌 보법.

예상을 빗나가는 사무진의 움직임에 당황한 현우량이 급히 뒤로 물러났다.

누군가 뒤에서 잡아끄는 것처럼 그의 신형이 순식간에 뒤로 밀려났지만, 다가오는 사무진의 속도가 더 빨랐다.

마치 그림자처럼 바짝 따라붙고 있는 사무진의 신형을 확인한 현우량이 위기감을 느끼고 본능적으로 검을 들어 올렸다.

'베어야 한다!'

경험의 속삭임이었다.

사무진이 사용하는 것은 권각.

그리고 권각을 주로 사용하는 자에게 거리를 내어주지 말아야 한다는 것은 기본 중의 기본이었다.

설령 검을 휘둘러 베지 못한다 하더라도, 적어도 다시 거리를 벌려야만 했다.

하지만 검을 들어 올리던 현우량은 일순 멈칫했다.

무인에게 있어서 가장 중요한 것은 약속을 지키는 것이라 생각하는 그였다.

조금 전 삼 초식을 양보하겠다고 자신이 꺼낸 그 말이 퍼뜩 떠올라, 그의 움직임을 멈칫하게 만들었다.

그리고 그 찰나의 주저함이 승부를 갈랐다.

단파삼권.

팔의 반만 뻗어도 닿을 정도의 거리까지 거리를 좁힌 사무진이 일순 폭발하는 듯한 권격을 뿜어냈다.

세 갈래로 나뉘어진 권격이 파고드는 것을 느낀 현우량이 권세에서 벗어나기 위해 재빨리 뒤로 물러났다.

"후회할 거라 그랬는데……."

하지만 이 정도 거리까지 좁혀진 상황에서 피할 여유를 주는 단파삼권이 아니었다.

펑. 펑. 펑.

가죽 북이 터지는 듯한 요란한 소리가 연달아 세 번 터져 나왔다.

비틀거리며 뒤로 물러난 현우량의 얼굴이 백지장처럼 창백하게 변할 때, 사무진이 살짝 다리를 굽히며 두 팔을 앞으로 뻗어냈다.

'격공?'

어느 정도 거리가 떨어져 있었기에 방심하고 있던 현우량이 눈을 치켜떴다.

그리고 피하기 위해 허둥대고 있던 그를 향해 사무진이 한 마디를 더 던졌다.

"이제 두 번째 초식인데 벌써 쓰러지는 거예요?"

마치 조롱하는 듯한 그 말을 듣고서 현우량의 표정이 일그러졌다.

하지만 그에게는 화를 내고 되받아칠 여유조차 주어지지 않았다.

사무진이 펼친 경천이권세의 경력이 어느새 그의 코앞까지 다가와 있었다.

피하기에는 늦었다는 것을 느낀 현우량이 두 팔을 모으며 호신강기를 끌어올렸다.

퍼엉. 퍼엉.

경천이권세에 실려 있던 강력한 경력이 현우량이 끌어올리고 있던 호신강기를 잇달아 두드렸다.

'흐읍!'

권격에 실려 있던 경력은 현우량의 예상을 훨씬 뛰어넘을 정도로 강력했다.

터져 나올 뻔한 신음성을 간신히 삼키며 뒤로 물러나던 현우량의 입가로 안도의 미소가 떠올랐다.

약속했던 삼 초식 중 두 초식이 지난 셈이었다.

이제 남은 것은 단 일 초식.

이 일 초식만 견디게 된다면 수세에서 공세로 돌아갈 수 있는 것이었다.

그리고 공세로 돌아서게 되면 지금과는 정반대의 상황을 만들 자신이 있었다.

그래서 현우량의 얼굴에 떠올라 있던 희미한 웃음은 금세 자취를 감추었다.

권격을 막아내기 위해 얼굴까지 들어 올리고 있던 두 팔을 내린 순간, 보여야 할 사무진의 모습이 없었다.

'어디로?'

이 권격을 막아내기 위해 뒤로 물러나면서 충분히 거리를 벌렸다고 생각했던 것은 오산이었다.

그 짧은 틈을 타서, 사무진의 신형은 어디론가 사라져 있었다.

인간이란 시각에 의존하는 존재.

사무진이 시야에서 사라지게 되자 급격한 불안감이 밀려들었다.

밀려드는 불안을 억누르며 서둘러 좌우로 고개를 돌리던 현우량의 신형이 벼락이라도 맞은 것마냥 부르르 떨렸다.

"후회하게 될 거라고 그랬죠?"

등 뒤에서 사무진의 목소리가 들렸다.

귓가를 간질일 정도로 가까운 거리에서 속삭이는 듯한 그 목소리를 듣고서 현우량은 반사적으로 앞으로 달려나가려 했다.

퍼억.

그러나 그전에 사무진의 팔꿈치가 현우량의 뒷덜미를 거칠게 후려쳤다.

그리고 그 충격을 견디지 못하고 현우량은 정신을 잃은 채 바닥에 쓰러졌다.

第七章
산공독(散功毒)

共同
傳人
공동전인

다시 장내가 술렁이기 시작했다.

현우량은 호북성의 패주라고 불리는 홍천문의 문주이자 강호에서 불패검사라는 별호를 얻고 있던 자였다.

그래서 지금 갈린 이 승부의 결과는 예상을 벗어난 것이었다.

마교의 교주라는 자가 사도맹주의 둘째 아들을 박살 내었다고는 하나, 그들의 눈으로 본 것이 아니었다.

그에 반해 지금까지 쌓아온 현우량의 명성은 워낙 쟁쟁했기에 그의 승리를 점친 이들이 대부분이었다.

하지만 막상 베일을 벗기고 나자 상황은 정반대였다.

삼 초식.

불과 삼 초식 만에 현우량은 바닥으로 쓰러졌다.

그것도 철저하게…….

너무나 성겁게 끝나 버린 승부 때문일까.

"불패검사는 얼어죽을……."

현우량을 쓰러뜨렸음에도 불구하고 숨조차 흐트러지지 않은 사무진이 한마디를 던지자 장내에는 다시 정적이 흐르기 시작했다.

"아직도 불만이 남아 있는 사람 있어요?"

사무진의 한마디가 장내에 흐르고 있던 적막을 깨뜨렸다.

하지만 그 말이 끝난 뒤에도 어느 누구도 나서지 않았다.

"없으면 됐네요. 조용히 밥만 먹고 돌아갈게요."

사무진이 신형을 돌려 마교의 인물들이 모여 있는 곳으로 돌아왔다.

"괜찮았어요?"

그리고 질문을 던지는 사무진을 향해 한껏 고무된 표정으로 홍연민이 입을 뗐다.

"최고였네."

"뭘 이 정도를 가지고."

"이제 어느 누구도 우리 마교를 함부로 볼 수 없을 것이네."

홍연민의 말은 사실이었다.

장내 인물들의 관심이 여전히 사무진 일행에게 쏠려 있기는 했지만, 분명히 조금 전과는 달랐다.

노골적인 적의가 담겨 있는 시선들도 많이 줄어든 편이었고, 불만을 터뜨리는 이들도 아무도 없었다.

그리고 이 상황에 가장 기뻐한 것은 철무경이었다.

상황이 적당한 선에서 마무리된 것에 흡족한 표정을 짓던 그가 더 이상의 소란이나 시비가 일어나지 않도록 서둘러 상황을 정리했다.

"오늘 이 자리는 많이 부족하지만 제가 환갑을 맞이한 것을 기념해 열린 겁니다. 오늘 하루 동안만이라도 불민한 일이 없이 모두 즐겁게 보내시다 가셨으면 합니다. 음식과 술은 제가 정성껏 넉넉히 준비하였으니 마음껏 즐기시길 바랍니다."

철무경의 말이 끝나기 무섭게 마성장의 하인들이 숙수들이 준비한 음식들을 내오기 시작했다.

그리고 철무경의 조금 전 정성껏 준비했다는 말이 단순한 인사치레가 아니었다는 것은 금세 밝혀졌다.

가장 먼저 등장한 요리는 동파육(東坡肉)과 규화계(叫花鷄)였다.

절강성 항주의 대표적인 요리.

하지만 이제부터가 시작이었다.

우거지 위에 돼지고기를 얹고 각종 양념을 한 뒤 찐 매채구육(梅菜拘肉)과 잘게 썬 쇠고기를 먼저 볶은 다음 간을 하여 볶아낸 마의상수(馬蟻上樹), 닭고기를 땅콩과 양파, 생강, 당근 등에 식초와 화초 같은 양념에 황주를 섞어 볶은 궁보계정(宮保鷄丁)과 같은 사천성의 이름난 요리들도 준비되어 있었다.

그 외에도 향고유채, 호피첨초, 청초하인처럼 고급 객잔에서나 맛볼 수 있는 요리들도 줄줄이 대기하고 있었다.

철무경의 계산대로 음식이 나오기 시작하자 마교의 인물들에게 쏠려 있던 신경이 분산되기 시작했다.

덕분에 조금 홀가분한 표정으로 음식을 기다리고 있던 사무진이 앞에 놓여 있던 엽차를 들어서 한 모금 들이켰다.

목이 말랐기에 시원한 엽차를 기대했지만 가져다 놓은 후 시간이 오래 흘러서인지 미지근했다.

억지로 한 모금을 삼키고 엽차를 다시 바닥에 내려놓던 사무진은 뭔가 이상하다는 느낌이 들었다.

엽차를 목구멍으로 넘기는 순간, 비릿한 향이 느껴졌다.

한동안 잊고 지냈던 향.

하지만 이 비릿한 향은 사무진에게 익숙한 것이었다.

'독?'

그것을 깨달은 사무진의 두 눈에 의아한 빛이 떠올랐다.

다시 한 번 엽차를 마신 뒤 사무진이 고개를 끄덕였다.

착각한 것이 아니었다.

강렬하지는 않았지만 비릿한 향이 느껴졌다.

"엽차 맛이 어때요?"

"그저 그렇습니다."

"조금 이상하지 않아요?"

"그러고 보니 텁텁하기는 합니다. 감히 교주님에게 이따위 미지근한 싸구려 엽차를 내놓다니 가만두지 않겠습니다."

다시 흥분하기 시작하는 심 노인을 말리며 사무진이 슬쩍 고개를 돌려 다른 무인들을 살펴보았다.

그리고 얼마 떨어지지 않은 곳에 앉은 점창파의 젊은 무인이 엽차를 마시고 내려놓는 것을 확인한 사무진이 자리에서 일어났다.

"무… 무슨 일이오?"

예고도 없이 곁으로 다가와 있는 사무진을 확인하고서 점창의 무인이 당황한 표정으로 물었다.

그리고 어느새 점창 무인의 손은 허리에 걸려 있던 검병에 다가가 있었지만 사무진의 오른손이 더 빨랐다.

검병에 다가간 사내의 손을 지그시 누르며 사무진이 속삭였다.

"이러지 말아요."

"……?"

"엽차 한 모금만 얻어먹고 갈 테니까."

"엽차는 그쪽에도 있는데 왜 굳이 이 엽차를……."

"이게 더 맛있어 보여서요."

한 손으로는 사내가 검을 뽑아내지 못하도록 손등을 누르고 나머지 한 손으로 엽차를 들어 올린 사무진이 한 모금을 들이켰다.

"더 맛있소?"

"똑같네요. 난 우리한테만 맛없는 엽차를 내놓은 줄 알았죠."

"그럴 리가 있소?"

"하긴 우리 철 장주가 그리 치사한 사람은 아니죠. 기분 나쁘진 않았죠? 나중에 자랑해요."

"무엇을?"

"마교의 교주와 엽차를 나누어 마셨다고."

살짝 넋이 나간 듯 보이는 점창의 무인에게 히죽 웃음을 지어준 사무진이 다시 자리로 돌아왔다.

그리고 마침 마교의 인물들이 모여 있는 탁자 위에도 규화계와 동파육이 올라와 있었다.

살짝 탄 내음이 더욱 고소하게 느껴지는 동파육과 노릇노릇하게 구워진 규화계를 보고 가장 먼저 움직인 것은 육소균이었다.

부직.

닭다리 하나를 뜯어서 어느새 입 안으로 가져가고 있던 육소균의 손을 사무진이 재빨리 붙잡았다.

"왜?"

"혹시 만독불침이에요?"

"아닌데."

"그럼 먹지 말아요."

육소균의 손에 들려 있던 닭다리는 순식간에 사무진의 손으로 옮겨져 있었다.

그리고 육소균에게는 먹지 말라고 했던 사무진이 어느새 닭다리를 한입 베어 물고 씹기 시작했다.

"넌 왜 먹어?"

그 모습을 보고 육소균이 눈을 치켜뜨고 따지듯 물었다.

"난 만독불침이거든요."

씹고 있던 닭다리 살을 삼킨 후, 사무진이 목소리를 낮추어 말했다.

"아무것도 손대지 말아요. 독이 들어 있으니까요."

"지금 독이라고 했나?"

"그래요."

사무진의 대답을 들은 홍연민이 눈을 크게 떴다.

"확실한가?"

"엽차에도 독이 들어 있었고, 규화계에도 독이 들어 있어요."

확실하다는 대답을 듣고서 이번에는 심 노인이 나섰다.

"감히 마교를 노리고 이런 수작을 벌이다니 절대 용서해서는 안 됩니다. 본때를 보여줘야 합니다."

"나도 그런 줄 알았는데 아니에요. 점창파의 무인들이 모여 있는 곳에 가서 마셨던 엽차에도 독이 들어 있었어요."

"그 말씀은?"

"그래요. 이건 우리를 노린 것이 아니에요. 여기 모여 있는 모두를 노리고 있는 거예요."

사무진의 대답이 끝나자 모두의 얼굴이 굳어졌다.

그리고 다시 홍연민이 나섰다.

"근데 조금 이해가 가지 않는 것이 있네."

"뭐가요?"

"엽차와 음식에 독이 들어 있다는 것을 자네가 알아챘는데 다른 이들은 왜 눈치채지 못하는 것인가? 적어도 저들은 알아야 하는 것이 아닌가?"

홍연민이 눈짓으로 가리키고 있는 것은 사천당가의 무인들이었다.

그리고 그의 말은 일리가 있었다.

사천당가는 독과 암기에 관해서는 최고라 손꼽히는 문파였다.

특히 독공에 관해서는 흑독문과 함께 천하제일을 다투는 곳인데 그들조차도 눈치채지 못했다는 것은 분명 이상한 일이었다.

"그게 좀 특이하긴 해요."

"특이하다니?"

"치명적인 독은 아니에요. 그리고 무색무취인데다가 워낙 미량이라 나도 긴가민가했을 정도예요. 굳이 의심하지 않는 다면 어느 누구도 알아채기 힘들 정도예요."

사무진의 대답을 듣고서 홍연민이 잠시 고민한 후에 다시 입을 뗐다.

"그렇다면 알려야 하지 않을까?"

"그냥 두고 보죠."

"왜 그러나?"

"아무리 봐도 그다지 치명적인 독은 아닌 것 같아요. 괜히 독이라는 말을 꺼냈다가 오해받을 여지도 충분하죠. 그냥 우리만 음식에 손을 대지 않으면서 좀 더 상황을 살펴보도록 해요."

사무진의 말도 일리가 있었기에 홍연민도 고개를 끄덕였다.

그러나 왠지 불안한 마음을 갖고 있던 홍연민의 예상과 달리, 시간이 흘러도 특별한 일은 발생하지 않았다.

하지만 사건은 언제나 예상치 못한 곳에서부터 발생하는 것이었다.

그리고 그 사건은 서옥령의 등장이 발단이 되었다.

서옥령이 등장하자 장내의 시선이 모두 집중되었다.

천하제일미라는 서옥령의 미모는 그만큼 대단했고, 비교

적 젊은 무인들은 모두 그녀에게서 눈을 떼지 못했다.

하지만 문제는 그녀가 마교의 인물들이 모여 있는 곳으로 움직였다는 것이었다.

"지난번에는 인사도 드리지 못하고 헤어졌네요. 오래간만에 뵙습니다."

옥구슬이 굴러가는 것처럼 영롱한 목소리로 서옥령이 사무진에게 인사한 뒤 그녀는 사무진의 옆자리에 앉았다.

그리고 그 행동은 잠시 관심에서 멀어졌던 마교라는 존재를 다시 기억 속에 각인시키는 결과를 만들었다.

"왜 아무것도 드시지 않으세요? 음식이 입에 맞지 않으세요? 아, 자리가 불편해서 그러신 건가요?"

상 위에 푸짐하게 차려진 음식에는 손도 대지 않고 있는 것을 바라보던 서옥령이 술병을 들었다.

"제가 한 잔 따라 드려도 될까요?"

"그래요. 난 만독불침이니까 괜찮아요. 그나저나 눈빛이 여전히 심상치 않네요."

"눈빛이요?"

"그런 게 있어요."

사무진이 술잔을 들자 서옥령이 가늘고 하얀 손으로 술병을 들었다.

조심스럽게 술을 따르는 서옥령의 모습을 보고 있던 젊은 무인들의 눈에서 불이 난 것은 당연한 일이었다.

"철 장주가 좋은 술로 준비했나 보네요."

"⋯⋯."

"아닌가? 미인이 따라준 술이라 술맛이 더 좋은 건가?"

더구나 서옥령은 이미 사무진에게 마음이 빼앗긴 상황.

별 시답지도 않은 농담에도 웃으며 얼굴을 붉히고 있는 서옥령의 모습을 확인하고서 제갈세가의 소가주인 제갈윤이 더 이상 참지 못하고 자리에서 일어났다.

이미 몇 잔의 술을 마신 후라서 얼큰하게 취한 제갈윤은 술잔을 들고서 거침없이 마교의 인물들이 모여 있는 곳으로 다가왔다.

"아주 재미가 좋으시구려."

매서운 눈빛으로 사무진을 노려보던 제갈윤이 비꼬기 시작했다.

"그다지 재밌지는 않네요."

"흥."

"진짜인데. 별로 믿는 기색이 아니네요. 하긴 댁은 모르겠네요. 잘생긴 것도 무척이나 피곤한 일이에요."

사무진이 히죽 웃으며 꺼낸 말을 듣고서 제갈윤의 표정이 일그러졌다.

하지만 서옥령이 앞에 있었기에 간신히 표정을 수습한 그는 최대한 정중하게 말했다.

"즐거운 술자리는 함께해야 더 흥겨워지지 않겠소? 나도 이 자리에 끼고 싶은데 괜찮겠소?"

"술잔까지 들고 와놓고서 묻기는. 끼고 싶으면 끼어요."

"고… 고맙소."

"그런데 누구죠?"

"아, 내 소개를 하지 않았구려. 나는 천하오대세가 중 한 곳인 제갈세가의 소가주인 제갈윤이라 하오."

제갈윤은 제갈세가라는 단어에 힘을 주며 자기소개를 했다.

하지만 반응은 그의 기대와 달리 영 시원치 않았다.

아무도 신경 쓰지 않았다.

"아, 들어본 적이 있어요. 그런데 제갈세가도 천하오대세가에 속해 있었나?"

그나마 사무진이 반응을 보였지만 차라리 반응을 보이지 않은 것만도 못했다.

속이 부글부글 끓어올랐지만 내색하지 않고 서옥령의 맞은편에 앉은 제갈윤이 그녀를 뚫어져라 바라보았다.

그리고 그는 그녀의 미모에 진심으로 감탄했다.

이름난 화공이 붓으로 그린 듯한 아미.

드넓은 하늘이라도 모두 담길 것 같은 호수처럼 맑은 눈.

촉촉하게 젖어 있는 입술.

웃을 때마다 드러나는 가지런한 하얀 치아와 살짝 패는 볼우물까지.

먼 곳에서 바라볼 때와는 또 달랐다.

그녀의 입가에 떠올라 있던 미소가 사라질 때마다 아쉬운 마음이 들어 주먹이 불끈 쥐어질 정도였다.

그래서 더 화가 났다.

서옥령이 자신의 곁이 아니라 사무진의 곁에 있다는 사실이.

"한 잔 더 따르겠습니다."

"또요? 날 취하게 만들어서 이상한 짓 하려는 건 아니죠?"

"네?"

"아니에요. 한 잔 따라봐요."

그리고 아무렇지도 않게 술잔을 들어 올려 서옥령이 따르는 술을 받고 있는 사무진이 질투가 나서 견디기 힘들 정도였다.

"나도 한 잔 주시오."

더는 참지 못하고 제갈윤이 술잔을 불쑥 앞으로 내밀었다.

"아, 잔이 비었네요."

그러자 사무진이 더벅머리를 긁적이며 술병을 들어 올렸지만 제갈윤은 앞으로 내밀고 있던 술잔을 다시 뺐다.

"나는 서 소저에게서 술을 받고 싶소."

그윽한 눈빛으로 서옥령을 바라보며 제갈윤이 입을 뗐다.

하지만 그의 기대와 달리 서옥령은 술병을 들어 앞으로 내밀고 있는 그의 잔을 채워주지 않았다.

"싫습니다."

"왜 싫소?"

"저는 아무에게나 술을 따르지 않습니다."

잔뜩 기대하고 있던 제갈윤의 얼굴에 실망스런 기색이 스치고 지나갔다. 기대가 무너지자 맥이 풀리는 느낌이 들었다.

그리고 제갈윤이 이내 불만을 토로했다.

"그렇다면 조금 전 술을 따른 것은 무엇이란 말이오?"

"사 소협은 제가 따르는 술을 받을 자격이 있는 분이십니다."

"자격이 있다?"

"그렇습니다."

"그 자격이라는 것이 마교의 교주이기 때문이오? 마교는 그렇게 대단하고 제갈세가는 하찮다는 뜻이오?"

다분히 억지가 섞인 말이었다.

그리고 그것을 알고 있기에 서옥령도 가볍게 아미를 찌푸리면서도 대답했다.

"마교와 제갈세가를 비교하는 것이 아닙니다."

"그럼 무엇이란 말이오?"

"사람이 다르기 때문입니다."

서옥령의 목소리는 담담했다.

하지만 제갈윤은 침착할 수 없었다.

자신은 아무개로 취급하면서 사무진에게는 마치 은공처럼

대하고 있었다.

더구나 슬쩍 사무진을 바라볼 때에는 애틋한 시선으로 바라보던 그녀였지만 자신을 바라보는 눈빛에는 아무런 감정도 실려 있지 않았다.

"흥, 그따위 궤변을 늘어놓는다고 해서 내가 넘어갈 것 같소?"

그것이 화가 나서 견딜 수 없던 제갈윤이 다시 언성을 높이자 마교의 인물들의 얼굴에도 불쾌한 빛이 떠오르기 시작했다.

"별것도 아닌 놈이 여기가 어딘 줄 알고 소리를 지르고 지랄이야. 아예 혓바닥을 잘라내 줄까?"

가장 먼저 나선 것은 물론 성격 급한 심 노인이었다.

"지금 뭐라 그랬소?"

"젊은 놈이 귓구멍까지 막혔냐? 혓바닥을 잘라내 주는 김에 막힌 귓구멍까지 같이 뚫어줄까?"

거침없는 심 노인의 이야기를 듣고 당황해서 제갈윤이 아무 대꾸도 하지 못할 때, 이번에는 장하일이 나섰다.

"죽여 버릴까?"

제갈윤은 가슴이 철렁 내려앉는 느낌이 들었다.

시뻘겋게 충혈된 두 눈을 마주하는 순간, 식은땀이 흐르기 시작했다.

그리고 장하일에게서 뿜어지고 있는 살기는 숨이 막힐 지경이었다.

'진짜 죽을지도 모른다!'

그런 느낌을 받자 본능적으로 내력을 끌어올렸다.

하지만 그런 제갈윤의 얼굴이 더욱 창백하게 변했다.

'왜지?'

아무리 애를 써도 단 한 줌의 내력도 끌어올릴 수가 없었다.

처음에는 너무 당황해서 그런 것이 아닐까 하는 생각을 했지만 몇 번을 시도해 보아도 결과는 마찬가지였다.

'산공독?'

그 순간, 그의 머릿속을 스치고 가는 것은 공력을 흩트려 일시적으로 내력을 끌어올리지 못하게 만드는 산공독이었다.

"네놈들이… 네놈들이 이런 치사한 짓을……."

당황한 제갈윤이 비틀거리며 뒤로 물러났다.

그리고 커다랗게 소리를 지르며 물러나고 있는 그를 향해 중인들의 시선이 쏠렸다.

"마교 놈들이 내게 산공독을 사용했소."

이어진 제갈윤의 이야기를 듣고서 중인들이 술렁이기 시작했다.

그리고 내력을 끌어올려 확인해 본 중인들의 안색이 일제히 굳어졌다.

"이럴 수가……."

"사실이야. 내력이 끌어올려지지 않아."

"젠장. 언제 중독당한 거지?"

곳곳에서 탄식과 함께 경악에 찬 목소리들이 흘러나오기 시작했다.

그 외침을 듣고 있던 제갈윤이 노기 어린 표정으로 사무진을 가리키며 소리쳤다.

"사악한 마교 놈들의 소행이 틀림없소."

제갈윤의 말을 듣고서 중인들이 격분하기 시작했다.

그리고 중인들의 시선을 받던 사무진이 한숨을 내쉬며 입을 뗐다.

"조용히 밥만 먹기 정말 어렵네요."

第八章
마교 대 마교

共同
傳人
공동전인

"자네가 보기에는 어떤가?"

"솔직히 말씀드리면 그다지 뛰어난 인재로 보이지는 않습니다."

"이유는?"

"위엄이 없습니다."

모두의 시선이 사무진 일행에게 쏠린 사이, 구석 자리에 자리잡은 채 두 명의 사내가 조용히 이야기를 나누고 있었다.

그리고 그들의 정체는 바로 천중악과 마군성이었다.

철무경의 환갑 잔치에 찾아오던 현지문이라는 자그마한 문파의 인물들을 죽이고 그들로 위장해 들어온 천중악은 공교롭다는 생각을 했다.

마교와는 어울리지 않는 자리.

그랬기에 이곳에서 사무진을 만나게 될 것이라고는 꿈에
도 생각지 못했었다.

하지만 운명의 장난인지 이곳에서 만나게 되자, 사무진에
대해서 호기심이 생기는 것은 어쩔 수 없었다.

기척을 드러내지 않고 중인들 틈에 섞인 채 지금까지 사무
진을 살펴본 뒤, 마군성이 내린 결론을 듣고서 천중악의 입가
로 희미한 웃음이 스치고 지나갔다.

"위엄이 없다?"

"마교는 강호의 인물들에게 두려움을 전해주는 존재입니
다. 그리고 그런 마교를 만들기 위해서는 냉혹하면서도 상대
를 압도하는 위엄이 풍겨야 합니다. 하지만 저자에게서는 그
런 것이 느껴지지 않습니다."

"글쎄, 과연 그럴까?"

"무슨 말씀이십니까?"

"추구하는 것이 다를 수도 있지."

"……?"

"저자가 만든 마교는 새로운 마교라고 했으니까."

천중악의 두 눈에 흥미롭다는 빛이 스치고 지나갔다.

"어쨌든 상황이 재밌게 흘러가는군."

"아직 나서지 않으실 생각입니까?"

"서두를 필요가 있나? 무척이나 곤란한 상황에 처했는데 과연 이 난관을 어떻게 헤쳐 나갈지 궁금하지 않나?"

"하지만……."

"난 아직도 저 친구에 대해 궁금한 것이 남아 있네. 이 난관을 어찌 헤쳐 나가는지를 살펴보고 다시 평가해 보고 싶네."

마군성이 입을 다물었다.

사무진이라는 자에 대해서 호기심이 생기는 것은 그도 마찬가지였다.

'이제 어찌할 텐가?'

곤란한 듯 머리를 긁적이고 있는 사무진을 바라보는 마군성의 눈빛이 강렬해졌다.

"그냥 객잔에서 먹을 걸 그랬네요."

"그게 나을 뻔했군."

"돈 몇 푼 아끼려다 더러운 꼴 여러 번 당하네요."

더벅머리를 긁적이던 사무진이 곤란한 표정을 지었다.

그리고 난감한 표정을 짓고 있는 사무진의 눈에 잔뜩 흥분한 채 소리를 지르고 있는 제갈윤이 들어왔다.

"치사하게 산공독을 사용해서 우리들을 중독시키다니. 마교 놈들의 사악함에 대해서는 이미 알고 있었지만 직접 겪게 되니 더욱 확실히 알겠구나. 우리들을 중독시키고 대체 어쩔 셈이냐?"

아주 신이 나서 고래고래 소리를 질러대고 있는 제갈윤을 물끄러미 바라보던 사무진이 잠시 고민한 끝에 입을 뗐다.

"쟤부터 어떻게 해야겠네요."

"그렇군. 저대로 두면 또 무슨 소리를 지껄일지 모르겠군."

"입을 다물게 해야겠어요."

사무진이 결심을 굳히고 자리에서 일어났다.

그리고 막 걸음을 옮기려는 찰나, 지금까지 조용히 상황을 주시하고 있던 아미성녀가 사무진의 어깨를 잡았다.

"왜요?"

"나에게 맡겨라."

"어쩔 건데요?"

"돌아가는 상황이 심상치 않은 것 같구나. 이대로 간다면 장내의 혼란이 극에 달하게 될 것이다. 더 늦기 전에 정리하도록 하마."

그 말을 남긴 아미성녀가 신형을 날렸다.

그리고 아미성녀가 움직인 것은 제갈윤의 앞이었다.

다가오는 아미성녀를 확인하고 겁에 질린 제갈윤이 뒤로 물러나려 했지만 내력도 끌어올리지 못하는 상황에 피할 수 있을 리가 없었다.

와락.

아미성녀의 주름진 손이 제갈윤의 멱살을 거칠게 움켜쥔 후, 들어 올려 그대로 바닥에 내던졌다.

"마… 마교의 놈들이 나를 공격……."

"내가 누군지 아느냐?"

볼썽사납게 바닥을 뒹굴면서도 제갈윤은 소리를 지르는 것을 멈추지 않았다.

그런 그를 향해 아미성녀가 매서운 시선을 보냈다.

감히 범접할 수 없는 기세.

제갈윤의 안색이 창백하게 변하며 기세가 눌렸다.

"마… 마교의 인물이 아니오?"

"경고하마. 그 경망스런 입을 함부로 놀리지 않는 편이 좋을 것이다. 만약 경고를 무시한다면 죽음을 면하지 못할 것이다."

"……."

"제갈세가의 자식이라 했던가?"

"그… 렇소."

자신의 가문인 제갈세가에 대한 이야기가 나오자 제갈윤이 바닥을 뒹굴다가 다시 자리에서 일어났다.

"네 아비의 이름이 제갈유현이더냐?"

"감히… 아버지의 이름을 함부로……."

"갈!"

아미성녀가 내력을 실어 일갈을 내지르자, 제갈윤의 기세가 다시 꺾였다.

"제갈세가의 가주는 어디 있는가? 천하오대세가 중 하나라는 제갈세가를 이끈다는 인물이 자식을 이렇게밖에 키우지 못했는가?"

노기가 실린 아미성녀의 목소리가 장내에 울려 퍼지자, 상석에 자리하고 있던 제갈유현이 모습을 드러냈다.

그리고 아버지의 모습을 확인한 제갈윤의 어깨에 다시 힘이 들어갈 때였다.

"노여움을 푸십시오. 모두 제 부덕의 소치입니다."

"흥, 알고는 있군."

제갈유현이 깊숙이 고개를 숙였지만 아미성녀는 코웃음을 쳤다.

그 광경을 코앞에서 바라보던 제갈윤이 참지 못하고 소리를 질렀다.

"아버님, 어찌 마교의 인물에게 고개를 숙이시는 겁니까?"

"조용히 하거라."

"하지만……."

"입 다물고 있지 못하겠느냐."

"대체 왜……?"

쫘악.

매서운 소리와 함께 제갈윤의 고개가 돌아갔다.

하지만 그렇다고 해서 제갈윤이 순순히 수긍한 것은 아니었다.

핏발이 가득 선 두 눈으로 바닥을 내려다보고 있던 제갈윤이 참지 못하고 다시 한 번 물었다.

"대체 이 노인이 누구기에 그러시는 겁니까?"

"아직도 모르겠느냐?"

"네, 모르겠습니다."

"이분은 아미파가 배출한 역대 최고의 고수라 불리시는 아미성녀님이시다."

아미성녀라는 별호를 듣고서 제갈윤의 눈이 커졌다.

안타까움과 답답함이 섞인 눈빛으로 자신의 아들을 바라보던 제갈유현이 가라앉은 목소리로 다시 입을 뗐다.

"제 아들 녀석의 경솔한 행동에 대해서는 다시 한 번 사과드리겠습니다. 하지만 상황이 상황이니만큼 마교의 교주를 의심하는 것도 무리는 아니라고 생각합니다."

그제야 굳어졌던 얼굴을 조금 풀며 아미성녀가 희미하게 고개를 끄덕였다.

"이해하네. 하지만 이번 일은 마교의 교주와는 아무런 상관도 없는 일이네."

"하지만 그렇게 믿기에는 의아한 점이……."

"내 이름을 걸고 맹세하지."

아미성녀의 이름은 작지 않았다.

그녀가 자신의 이름을 걸고 맹세한다는 말을 듣고서 제갈유현의 표정이 굳어질 때, 아미성녀가 한마디를 덧붙였다.

"갑작스런 상황에 처해서 모두들 지나치게 흥분하고 있는 듯 보이는군. 이런 때일수록 침착하게 순리대로 풀어가야 하네."

"……?"

"이미 눈치챘겠지만 자네들이 당한 것은 산공독일세. 치명적이지는 않다고 하나 일시적으로 공력을 흐트러뜨리는 독일세. 독이 관련되어 있다면 가장 먼저 관심을 가져야 할 곳이 어디인가? 마교가 아니라 사천당가가 아닌가?"

제갈유현을 비롯한 중인들이 무심결에 고개를 끄덕였다.

아미성녀의 말은 틀리지 않았다.

산공독도 독의 일종.

독과 관련된 것이라면 가장 먼저 사천당가에 조언을 구했어야 했다.

그제야 중인들의 관심이 사천당가의 무인들이 모여 있는 곳으로 쏠렸다.

그리고 그 시선에 담긴 의미가 무엇인지 사천당가의 인물들이 모를 리 없었다.

"산공독이 맞습니다. 다만……."

"……."

"부끄러운 말씀이지만 저희도 낌새를 알아채지 못하고 중독당하는 것을 피하지 못했습니다."

사천당가의 일행을 이끌고 이곳에 대표로 참석한 이는 사천당가의 가주인 당종기의 동생 당형기였다.

강호에 알려진 별호는 삼독서생.

독공 하나만 놓고 본다면 사천당가에서 가주를 맡고 있는 당종기보다도 더 뛰어나다고 알려진 당형기가 꺼낸 말이었기에 중인들의 충격은 더욱 컸다.

"변명에 불과하겠지만 무색무취인데다가 워낙 미량만이 사용되었기에 저희 사천당가의 무인들도 알아채기 힘들었습니다. 아무래도 이 정도의 독을 제조할 수 있는 곳은 흑독문뿐이라고 사료됩니다."

그리고 당형기의 입에서 흘러나온 흑독문이라는 이름을 듣고서 중인들의 안색이 더욱 어둡게 변했다.

흑독문(黑毒門)은 사천당가와 함께 독공의 최고를 다투는 문파.

더구나 흑독문은 사도맹과 밀접한 관련이 있다고 알려져 있었다.

"그 말씀은 이번 일이 사도맹과 관련되어 있다는 뜻이오?"

"확신할 수는 없지만… 가능성을 배제하기도 어렵습니다."

제갈유현이 조심스럽게 던진 질문에 당형기가 대답을 꺼내자 장내는 다시 크게 술렁이기 시작했다.

"하독은 어떻게 한 것입니까? 음식에 독을 탔던 것입니까?"

"그런 듯하오."

"그동안 마성장은 무엇을 한 것이오? 이건 마성장의 장주인 철 대협의 관리에 문제가 있었던 것이 아닙니까?"

그리고 이번에는 비난의 화살이 갑작스레 방향을 틀어 철무경에게로 향했다.

"옳소. 대체 관리를 어떻게 한 것이오?"

"흑독문의 인물이 하독할 때까지 대체 뭘 한 거요?"

"혹시 사도맹과 손을 잡은 거 아냐?"

"충분히 그럴 수 있지."

이미 당황하고 흥분한 상태의 중인들 사이에서는 극단적인 이야기들까지 흘러나오기 시작했다.

그 말을 듣고 있던 철무경의 얼굴에 노기가 떠오를 때였다.

"모두 참으로 한심하네요."

사무진이 답답한 표정을 지은 채 입을 열자 중인들의 시선이 다시 쏠렸다.

"지금 시시비비를 가릴 때가 아닌 것 같지 않아요? 그보다는 산공독을 왜 하독했을까에 더 신경 써야 하는 거 아닌가요?"

사무진의 말은 정확하게 요점을 찔렀다.

산공독은 치명적인 독이 아니라 일시적으로 내력을 흐트러뜨리는 독이었다.

어느 정도의 시간이 흐르면 그 효과가 사라지는 법이었다.

"만약 내가 산공독을 하독했다면 가만히 손놓고 있지 않을 거예요. 여러분들이 내력을 끌어올리지 못하는 동안, 다 죽일 거예요."

지금의 상황에 대해 좀 더 제대로 이해시켜 주기 위해서 사무진이 친절하게 설명까지 덧붙여 준 다음 몸을 일으켰다.

"나 같으면 누구 잘못인지를 따지고 있을 시간에 도망부터 칠 텐데."

마지막으로 다정하게 충고까지 건넨 사무진이 마성장의 정문 쪽으로 걸어나가려다 멈추었다.

신형을 돌려 다시 원래 위치로 돌아오며 한마디를 덧붙였다.

"이미 늦은 것 같네요."

마성장의 담벼락 위로 물샐틈없이 빽빽하게 포위하고 있는 흑색 무복을 입은 무인들의 수는 수백 명이나 되었다.

뒤늦게 그들의 존재를 알아챈 중인들이 당황하며 동요하기 시작할 때, 그들 틈에서 방갓을 눌러쓰고 있던 천중악과 마군성이 움직이기 시작했다.

"설마 했는데… 마교로군."

유정생이 탄식처럼 한마디를 꺼내는 것을 듣고서 잔뜩 얼굴을 찌푸리고 있던 철무경이 믿을 수 없다는 표정을 지었다.

"혹시 오해하신 것이 아닙니까? 분명히 조금 전 아미성녀께서 본인의 이름을 걸고 마교가 꾸민 일이 아니라고 하지 않았습니까?"

"아니, 마교의 행사가 맞네."

철무경이 반대 의견을 꺼냈지만 유정생은 단언했다.

"그럼 이 모든 것이 사무진이 꾸민 일이란 뜻입니까?"

그리고 분에 겨워 씩씩거리며 철무경이 꺼낸 질문에 유정생은 쓴웃음을 지었다.

"저 아이가 이끌고 있는 마교가 아니라 진짜 마교가 벌인 일일세."

"진짜 마교라면?"

철무경이 선뜻 이해가 가지 않는다는 표정을 지었다.

"저자의 얼굴을 벌써 잊었나?"

유정생이 깊이 눌러쓰고 있던 방갓을 벗은 천중악을 가리키자, 철무경의 시선도 그쪽으로 향했다.

"설마 저자는……."

그리고 천중악의 얼굴을 유심히 살피던 철무경이 놀라 눈을 치켜떴다.

마교의 교주였던 천중악.

그는 죽었다고 알려져 있었다.

그 당시 강호에서 마교가 사라진 결정적인 이유가 바로 그의 죽음 때문이었다.

그런데 분명히 죽었다고 알려져 있던 천중악이 멀쩡하게 살아 있었다.

그리고 더 놀라운 것은 그런 그가 지금 이 자리에 모습을 드러냈다는 것이었다.

"제가 보고 있는 것이 사실입니까?"

"눈으로 보고도 믿지 못하는가?"

"이건 있을 수 없는 일입니다."

"세상을 살다 보면 믿기지 않는 일도 종종 발생하는 법이네. 이것도 그런 사건들 중 하나에 불과하지."

흥분한 철무경과 달리 유정생의 목소리는 담담했다.

조금도 놀란 기색이 아닌 유정생의 모습을 바라보던 철무경이 뭔가를 깨닫고 다시 질문을 던졌다.

"혹시 알고 계셨습니까?"

"대충은 알고 있었네."

"그럴 수가……."

"무림맹주라는 자리는 보통 사람들은 알 수 없는 강호의 비밀들을 많이 알 수 있는 자리니까."

"그렇다면 상황이 이렇게 흘러갈 것이라는 것도 모두 알고 계셨습니까?"

"그건 아닐세. 그랬다면 미리 대비했겠지."

"……."

"안타깝게도 다른 이들과 마찬가지로 나도 산공독에 중독

된 상태라네. 쉽지 않겠지만 해법은 이제부터 찾아보도록 하
세."

유정생의 시선이 천중악에게로 향했다.

그리고 천중악도 그 시선을 느낀 듯 마주 보고 있었다.

"오래간만이군."

부딪히는 시선.

먼저 인사를 건넨 것은 천중악이었다.

삼십 년이 넘는 세월의 간극이 고스란히 느껴지는 천중악
의 주름진 얼굴을 바라보던 유정생이 고개를 끄덕였다.

"오래간만이오."

"별로 놀라지 않는군. 역시 알고 있었나?"

"무림맹의 맹주 자리에 있다 보니 원치 않아도 알게 되는
것들이 있더군요."

아무런 동요도 없이 대꾸하고 있는 유정생을 바라보던 천
중악이 나직한 목소리로 한마디를 꺼냈다.

"그럼 말을 꺼내기 쉽겠군."

"무슨 말을 하고 싶소?"

"강호로 돌아올 생각이네."

"돌아온다? 강호에 아직 마교의 자리가 남아 있소?"

"찾아볼 생각이네. 없다면… 만들어야겠지."

당연하다는 듯이 꺼낸 대답을 듣고서 유정생의 시선이 사
무진에게로 향했다.

그리고 그 시선을 따라 고개를 돌렸던 천중악의 입가로 쓴 웃음이 떠올랐다.

"저 아이의 마교는 마교가 아닐세."

"그럼 무엇이오?"

"이름만 빌렸을 뿐, 마교라 할 수 없네."

"당신의 말을 현재 마교의 교주도 인정하겠소?"

유정생이 고개를 기울이며 꺼낸 말을 듣던 천중악의 표정이 살짝 굳어졌다.

방금 유정생이 꺼낸 말 중 '현재 마교의 교주'라는 말이 그의 심기를 불편하게 만든 것이다.

"마교를 이루는 근간 중 가장 중요한 것이 무엇인지 알고 있나?"

"……"

"약육강식이네. 그게 가장 마교다운 것이지."

"마교답다?"

"약한 곳은 사라지게 될 것이네."

천중악의 목소리는 단호했다. 그리고 지금 천중악의 말이 무엇을 의미하는지 모를 유정생이 아니었다.

그래서 그가 이끌고 온 수백 명의 무인을 바라보던 유정생의 얼굴에 걱정스런 빛이 떠오를 때, 천중악이 코웃음을 쳤다.

"지금 뭔가 착각하고 있군."

"무슨 소리요?"

"내가 이곳에 모습을 드러낸 이유가 무엇이라 생각하나?"

유정생의 두 눈이 일순 흔들렸다.

그리고 그것을 놓치지 않고 바라보고 있던 천중악이 한마디를 덧붙였다.

"지금은 다른 이를 걱정할 때가 아니지."

"다 죽일 생각이오?"

"아무리 고수라 하나 산공독에 중독되어 내력 한 줌 끌어올리지 못하는 이들을 죽이는 것쯤은 식은 죽 먹기지."

노골적으로 살기를 드러내는 천중악을 보던 유정생이 입술을 깨물었다.

지금 그의 말은 틀리지 않았다.

이곳에 모인 이들 중 고수들은 많았다.

하지만 산공독에 중독된 상황에서 제대로 된 실력을 보일 수 있는 이는 없었다.

인정하고 싶지 않았지만, 천중악이 죽이고자 마음먹는다면 그대로 죽을 수밖에 없는 상황이었다.

"산공독을 사용하다니 너무 치사하지 않소?"

최대한 동요를 드러내지 않기 위해 노력하며 유정생이 다시 던진 한마디.

하지만 천중악에게서는 일말의 흔들림도 찾아볼 수 없었다.

"나도 내키지는 않지만… 어쩔 수 없네."

그리고 천중악이 꺼낸 말을 들으며 유정생이 두 눈을 질끈 감았다.

'내키지 않는다는 말에 담긴 의미는 무엇일까?'

조금 전 천중악이 혼잣말처럼 꺼낸 말을 유정생은 놓치지 않았다.

그리고 그 말에 대해서 곰곰이 생각해 보았지만 지금으로서는 담겨 있는 의미를 알아챌 수 없었다.

더구나 시간이 별로 없다는 것을 알고 있었기에 마음이 급해져 집중할 수 없었다.

[길을 열겠습니다.]

그렇게 눈을 감고 있는 유정생의 귓가로 전음이 파고들었다.

그리고 그 전음을 날린 주인공은 호위무사인 허민규였다.

'산공독에 중독되지 않았군!'

길을 열겠다는 전음을 듣고서 가장 먼저 든 생각은 허민규는 산공독에 중독되지 않았다는 사실이었다.

하긴 보이지 않는 곳에 신형을 감추고 있었을 허민규가 음식에 손을 댔을 리가 없으니 산공독에 중독되지 않은 것은 당연했다.

[시간이 별로 없습니다. 더 늦기 전에 몸을 피하셔야 합니다.]

그러나 그 생각은 허민규가 다급한 목소리로 다시 보낸 전음으로 인해 깨졌다.

더 늦기 전에 어서 결단을 내려야 한다고 말하는 허민규를 향해 유정생은 조용히 고개를 흔들었다.

물론 이 자리에 있는 모든 이들을 버리고 혼자서 도망칠 수 없다는 어설픈 영웅 심리가 발동한 것은 아니었다.

사실 이곳에 모인 이들 중 마음에 들지 않는 이들도 많았다.

아니, 좀 더 솔직히 말하면 여기 모인 이들 중 몇몇은 이곳에서 죽었으면 하는 바람을 가지고 있을 정도였다.

그 속내를 겉으로 드러낼 수는 없었지만.

어쨌든 유정생이 고개를 흔든 진짜 이유는 따로 있었다.

음식에 산공독을 넣었다는 것은 이미 오래전부터 이번 일을 준비했다는 뜻이었고, 그런 천중악이 자신의 호위무사들의 존재를 놓칠 리가 없었다.

모르긴 몰라도 실패할 확률이 훨씬 더 컸다.

더구나 이곳에는 자신의 목숨보다 더 귀한 유가연도 있었다.

자신이 여기서 죽는 한이 있더라도 가연만은 무사히 이곳을 벗어날 수 있도록 해야 했다.

[고집을 피우실 때가 아닙니다.]

그사이 초조함이 풀풀 풍기고 있는 허민규의 전음이 다시 한 번 귓가로 파고들었지만 유정생은 서둘지 않고 답했다.

"나 혼자 살려고 이 모든 이들을 버릴 수는 없지 않나?"

내력을 끌어올리지 못하니 전음을 날릴 수도 없었다.

[하지만 우선은 맹주님께서 살아 계셔야 합니다.]

"어허. 나 혼자 살아남는다고 해서 무엇이 달라지겠나? 여기서 죽더라도 나는 이들과 함께 마지막까지 싸울 것이네."

전음을 사용하지 못하니 불편한 것이 한둘이 아니었다.

마음에도 없는 말들을 꺼내야 했으니까.

그 말을 듣고서 대단히 감동받은 눈빛을 보내고 있는 무인들의 시선을 슬그머니 외면하면서 유정생이 다시 고민에 잠겼다.

하지만 마땅한 방법이 떠오르지 않았다.

답답한 마음에 길게 한숨을 내쉬던 유정생의 시선이 멈춘 곳은 아미성녀였다.

'제갈윤이라고 했던가?'

만약 아미성녀가 조금 전 때맞추어 나서지 않았다면 유정생 본인이 나서서 호통을 칠 생각이었다.

그리고 다시 기억을 떠올려 보니, 일갈을 내지르던 아미성녀의 목소리에는 분명 내력이 실려 있었다.

'아미성녀는 산공독에 중독되지 않았다?'

그 사실을 깨닫고 사무진 일행이 앉아 있는 곳으로 시선을

마교 대 마교 255

돌려 살피던 유정생의 눈이 빛났다.

이유는 몰랐지만 음식에 손을 댄 흔적이 보이지 않았다.

그것은 다시 말해, 사무진이 이끄는 마교의 인물들은 산공독에 중독되지 않았다는 뜻이었다.

"어쩌면 가능성이 있을지도 모르겠군."

혼잣말을 중얼거리는 유정생의 굳어졌던 표정이 조금은 밝아졌다.

"아저씨, 지금 뭐가 어떻게 돌아가는 거야?"

"너도 같이 보고 있었잖아."

"그래도 잘 모르겠어. 설명해 주면 안 돼?"

"설명해 주는 것은 그다지 어렵지 않은데. 보자, 복잡하게 설명해 줄까? 아니면 간단하게 설명해 줄까?"

"상황이 좀 급박한 것 같으니까 간단하게 해줘."

"한마디로… 죽기 일보 직전의 위험한 순간이지."

사무진은 약속을 지켰다. 사무진이 꺼낸 설명은 짤막하면서도 무척이나 강렬한 설명이었지만 유가연은 용케 알아들은 듯했다.

"그럼 우리 다 죽는 거야?"

"아직 확실하지는 않지만 그럴 가능성이 충분하지."

"그래?"

"왜? 겁나?"

"겁난다기보다는 조금 억울하네."

"뭐가?"

"아저씨랑 아직 첫날밤도 못 보냈는데……."

죽을지도 모르는 상황에서 이런 대답을 꺼내다니.

역시 유가연의 정신세계는 독특했다.

예상과는 전혀 다른 대답을 꺼내고 있는 유가연을 입을 벌린 채 바라보던 사무진이 쓴웃음을 짓고 말았다.

하지만 지금의 상황은 한가롭게 잡담이나 나누며 웃고 있을 때가 아니었다.

천중악이 이끌고 온 수백 명의 진짜 마교의 무인들이 이곳을 물샐틈없이 포위하고 있었다.

게다가 지금 이곳에 모인 이들은 대부분 산공독에 중독되어 내력을 끌어올리지 못하니 본래 실력을 보일 수 있는 인물은 거의 없었다.

좀 더 냉정하게 말한다면 무공을 모르는 일반인들보다 조금 더 나은 수준에 불과할 뿐이었다.

"어떻게 할 생각인가?"

"고민 중이에요."

"……."

"도망칠까요?"

잠시 생각에 잠겨 있던 사무진이 내놓은 대답을 듣고서 홍연민도 동의했다.

가장 간단하면서도 현명한 대답이었다.

엄밀히 말한다면 이곳은 마교와 어울리는 자리가 아니었다.

지금 이곳에 있는 무인들이 산공독에 중독된 채 속절없이 죽는다 하더라도 하등 상관이 없는 셈이었다.

하지만 마음에 걸리는 것이 하나 있었다.

홍연민의 예상이 틀리지 않다면 이번 일에는 흑독문이 관여되어 있었다.

그리고 흑독문은 사도맹에 속해 있다고 해도 틀리지 않은 곳.

그렇다면 이 모든 일은 사도맹이 꾸민 일이라는 뜻이었고, 이 자리에도 사도맹의 무인들이 나타나야 정상이었다.

하지만 그의 예상과 달리 모습을 드러낸 것은 천중악이 이끄는 마교였다.

'무슨 속셈이 있는 것이 아닐까?'

지금 드러난 이 상황이 전부가 아니라는 느낌.

그 느낌이 아까부터 그의 마음을 불안하게 만들고 있었다.

'말해야 하나?'

잠시 고민했지만 홍연민은 고개를 흔들었다.

이 모든 것은 사실이 아니라 그의 추측에 불과했다.

아직 확실한 것이 아닌 이상 미리 이야기를 꺼낼 필요는 없었다.

"그 방법이 최선이로군."

잠시 망설이던 홍연민이 동조하자 사무진도 고개를 끄덕였다.

하지만 고개를 끄덕이면서도 사무진은 쉽게 떠나려 하지 않았다.

"이곳을 벗어날 것이라면 서두르는 편이 좋네."

그리고 그런 사무진을 바라보던 홍연민이 서두르라고 조언했지만 사무진은 영 내키지 않는 표정으로 대답했다.

"홍 군사 말대로 그게 최선이긴 한데……."

"……?"

"너무 치사하지 않아요?"

사무진이 머리를 긁적이며 꺼낸 말을 듣고 홍연민이 한숨을 내쉬었다.

솔직히 결정을 내리는 것이 쉽지가 않았다.

이곳에서 벌어지는 일과는 상관없으니 여기를 벗어나는 것이 최선이라는 홍연민의 말은 틀리지 않았다.

그리고 그럴 능력도 충분했다.

사무진이 이끄는 마교의 인물들은 아무도 산공독에 당하지 않았으니까.

그런데 찝찝한 것이 한둘이 아니었다.

일단 아미성녀의 눈빛이 마음에 걸렸다.

갈등하는 눈빛.

"내 마음은 진심이었다."

처음 그 말을 들었을 때는 기가 막혔다.

이 상황에서도 자신의 마음을 고백하는 아미성녀로 인해.

"미안한 이야기지만 평생 네 곁에서 함께하겠다는 약속을 지키지 못하게 될지도 모르겠구나."

하지만 이어진 말을 듣는 순간 가슴 한 켠이 허전해졌다.

어쩌면 기다려 왔던 말이었지만 죽음을 각오하고 있는 아미성녀의 눈빛을 확인하자 왠지 미안해졌다.

"같이 안 가요?"

"그래."

"뭐 하려구요?"

"이곳에는 크고 작은 인연이 얽혀 있는 이들이 많다. 그들이 위험에 처한 것을 차마 모른 척할 수가 없구나."

"혼자서요?"

"혼자라도 해야지."

"가능하다고 생각해요?"

"힘닿는 데까지는 해봐야겠지."

왜일까?

오늘따라 아미성녀의 얼굴에 주름이 더 깊어 보였다.

그리고 걱정하지 말라는 듯 희미한 웃음을 남기고 돌아서는 아미성녀의 어깨가 너무 쓸쓸하게 느껴졌다.

그래서 잡지 않을 수가 없었다.

"같이 해요."

"무슨 뜻이냐?"

"혼자서 무슨 재주로 다 감당하려고 그래요? 내가 도와줄 게요."

"하지만… 너무 위험한 일이다."

"그걸 누가 몰라요?"

"그런데 왜?"

"솔직히 말해서 나도 지금의 상황이 그다지 마음에 들지 않아요. 이건 뭐랄까? 좀 치사하잖아요."

"고맙구나."

"뭘요, 우리 사이에."

막상 대답하고 나니 머릿속이 하얘졌다.

우리 사이가 어떤 사이일까.

그 말을 듣고서 아미성녀의 얼굴이 붉게 달아오르는 것을 확인한 사무진이 서둘러 한마디를 덧붙였다.

"그러니까 우리 사이는 친조손 같은 사이죠."

아미성녀의 두 눈에 실망하는 기색이 스치고 지나가는 것이 보였지만 사무진은 애써 모른 척했다.

그리고 사무진의 마음이 찜찜한 것이 꼭 아미성녀 때문만은 아니었다.

"도와주게."

자주 만나서일까.

이제는 반갑다는 느낌마저 드는 허민규가 어느새 곁으로 다가와 있었다.

하지만 사무진도 눈치챘다.

허민규가 독단적으로 결정해 찾아온 것이 아니라는 사실을.

유정생이 그에게 보낸 것이 틀림없었다.

"시켰죠?"

"기댈 곳은 자네뿐이라고 하시더군."

"하여간 눈치는 빨라요."

"무림맹의 맹주라는 자리까지 그냥 올라가신 것은 아니지."

허민규가 꺼내는 말을 들으며 슬쩍 고개를 드니 저 멀리 유정생이 손을 흔들고 있는 것이 보였다.

그리고 그 모습을 보며 사무진이 기가 막힌다는 표정을 지었다.

"왜 저래요?"

"……?"

"너무 친한 척하는 거 아니에요? 차 한 잔 같이 마신 것이 다인데."

"그야……."

"명색이 무림맹의 맹주가 마교의 교주에게 저렇게 친한 척을 해도 돼요?"

사무진이 퉁명스레 한마디를 던졌지만 허민규는 전혀 당황하지 않았다.

"자네가 이끄는 마교는 새로운 마교니까."

"호오."

"일단 이 위기를 힘을 합쳐 넘기고 난 뒤 자네가 이끄는 마교와 무림맹이 함께 발전할 수 있는 좀 더 건설적인 방법에 대해 모색하자고 전하라고 하시더군."

꽤나 솔깃한 제안이었지만 사무진은 실소를 날렸다.

"마교와 무림맹이 함께 발전할 수 있는 좀 더 건설적인 방법에 대해서 모색하자라니. 그게 가능해요?"

"그야… 쉽지는 않겠지."

"불가능할 것 같은데요."

"함께 도전해 보자고 하시더군."

"아까부터 느낀 것이지만 말은 그럴듯하게, 번지르르하게 잘 하네요."

"그게 무림맹주의 역할이니까."

"나한테는 안 통해요."

"그렇게 딱 잘라 말하지 말고……."

"안 통한다니까요."

허민규가 쓴웃음을 지었다.

그리고 쉽게 넘어가지 않는 사무진을 확인하고 다른 이야기를 꺼내기 시작했다.

"역시 맹주님의 말씀이 옳았군. 조금 전에 제시한 협상 안이 통하지 않으면 장인의 부탁이라고 전하라 하시더군."

"기가 막혀서."

사무진이 어이없다는 표정을 지었다.

"어지간히 급했나 보네요."

"상황이 급박하게 돌아가고 있기는 하지."

"휴, 알았어요. 대신 가서 전해요. 자꾸 친한 척 손 좀 흔들지 말라구요."

다시 한 번 쓴웃음을 짓던 허민규가 돌아가는 것을 바라보던 사무진이 등에 걸려 있던 자운묵창을 꺼내 들고 고개를 돌렸다.

사무진의 마음을 찝찝하게 만드는 가장 결정적인 이유는 아까부터 끈적하게 따라붙고 있던 하나의 시선 때문이었다.

그리고 그 시선의 주인공은 천중악이었다.

전대 마교의 교주인 천중악.

현재 마교의 교주인 사무진.

공교로운 장소, 그리고 공교로운 시점에서 만난 셈이었지만 천중악을 바라보는 사무진의 입가로 한 가닥 미소가 스치고 지나갔다.

천중악에 대해서 이야기는 많이 들었지만 직접 만난 것은 처음이었다.

그리고 처음으로 만난 천중악의 인상은 나쁘지 않았다.

깊게 패인 주름, 희끗희끗한 백발이 삼십 년이라는 세월의 간극을 보여주고 있었지만, 그의 눈빛은 살아 있었다.

"언젠가 만나게 될 것이라 생각했지만, 그게 오늘일 거라고는 예상치 못했네요."

"그렇군. 게다가 이곳에서 만나게 될 줄은 전혀 몰랐네."

"사실 이곳이 마교와 그다지 어울리는 장소는 아니니까요."

"알고 있군."

천중악의 입가로 메마른 웃음이 스치고 지나갔다.

"만나기 전에 예상했던 것과는 조금 다르군."

"예상은 어땠는데요?"

"한없이 가벼운 인물이라고 생각했지."

"그런데 직접 보니 어때요?"

"겉으로는 가벼워 보이지만, 그 속에 진중함이 숨어 있군."

"제대로 보셨네요."

"그리고 솔직히 인정하지. 수하들을 포용하는 능력 하나는 나보다 낫군. 난 마도삼기의 마음을 얻지 못했거든."

천중악의 눈길이 잠시 마도삼기에게 머물렀다 다시 사무진에게 돌아왔다.

그 눈길에 못내 남아 있는 것은 회한.

하지만 사무진이 꺼낸 말은 천중악의 마음을 더욱 아프게 했다.

"당신이 마음을 얻지 못한 것은 마도삼기만이 아니죠."

"알고 있네."

"후회하나요?"

사무진이 던진 질문에 천중악은 쉽게 대답하지 못했다.

회한과 번민이 섞인 눈길로 하늘을 우러러보던 천중악은 한참 만에야 대답했다.

"후회하지 않네. 내가 선택한 길이었으니까."

"……."

"그리고 나의 마교는 이제부터 다시 날개를 펼 테니까."

상념을 떨쳐 버린 듯 천중악의 얼굴은 확신으로 가득 차 있었다.

하지만 사무진의 얼굴에는 못마땅한 빛이 떠올랐다.

"좋아요. 날개를 펴든 하늘을 날든 다 좋은데……."

"……?"

"산공독을 사용하는 것은 좀 치사하지 않아요?"

"치사하다?"

천중악이 대소를 터뜨렸다.

그리고 이내 정색을 한 그가 사무진에게 설교하듯 한마디를 던졌다.

"마교는 원래 그런 곳이네."

하지만 사무진도 순순히 인정하지 않았다.

"고정관념이에요."

"고정관념이라? 그럼 어떻게 해야 하는가?"

"적어도 치사하지는 않아야죠. 정정당당 몰라요?"

"정정당당(正正堂堂)이란 단어와 마교가 어울린다고 생각하나?"

"물론이죠."

"……?"

"적어도 내가 이끄는 마교는 그래요."

그 말을 끝으로 사무진과 천중악의 시선이 허공을 격하고 부딪쳤다.

"이름은 같지만 추구하는 바가 다르군."

"그렇네요."

"그럼 우리는 부딪쳐야겠군."

"아마도 그렇겠죠."

숨소리조차 들리지 않을 정도로 조용한 가운데 한 치의 양보도 없는 두 사람의 대화가 이어졌다.

"이 강호에 두 개의 마교가 존재할 수는 없으니까."

그리고 사무진의 이어진 말에 천중악도 고개를 끄덕였다.

"약육강식. 약한 곳은 사라지겠지."

"쉽지 않을 거예요."

"자신감이 넘치는군."

"실력이 있으니까요."

히죽 웃으며 한마디를 던진 사무진이 자운묵창을 움켜쥔

오른손에 힘을 더했다.

"언젠가는 부딪힐 것이라 생각했어요. 그리고 그게 마침 오늘이 된 것뿐이죠. 이 싸움, 피할 수 없어요."

차분한 목소리로 이야기를 꺼내며 사무진이 고개를 들었다.

그리고 그의 이야기를 듣고 눈을 빛내고 있는 모두와 일일이 시선을 부딪쳤다.

"약육강식이란 말이 맞아요. 이기는 쪽만 살아남을 거예요."

"전부가 아니면 무인 싸움이로군."

"이왕이면 전부가 되어야죠."

걱정스런 표정을 짓고 있는 홍연민을 향해 희미하게 웃음을 지어준 사무진이 장하일에게로 시선을 돌렸다.

"원없이 싸워봐요. 우리 마교는 아무리 많이 죽여도 파문 같은 것은 없으니까."

"걱정하지 마라."

지체하지 않고 대답하는 장하일의 시선이 향해 있는 곳은 산공독에 중독된 소림의 승려들이 모여 있는 곳이었다.

복잡한 감정이 뒤섞인 눈빛.

그 눈빛을 확인한 순간 알 수 있었다.

아마 저들 때문이라도 장하일은 최선을 다해 싸울 것임을.

그래서 이번에는 육소균에게로 시선을 던졌다.

"죽지 말아요."

"배가 고파 죽으나 칼에 맞아 죽으나 죽는 것은 마찬가지
지."

"엄살은. 약속할게요. 오늘 살아남으면 불하루를 아예 통
째로 빌릴게요."

"흥, 고작 거기에 넘어갈 것 같으냐?"

"그럼 이건 어때요? 불하루의 주방장을 마교로 데려올게
요."

"그건 좀 구미가 당기는군."

육소균이 코를 벌렁거리는 것을 확인하고 안심한 사무진
이 다음으로 마도삼기와 시선을 부딪쳤다.

"기대할게요."

"최선을 다하겠습니다."

"오늘은 거품을 뺀 진짜 실력을 한번 보여줘요."

"실망시켜 드리지 않겠습니다."

장경의 대답을 들으며 사무진이 다음으로 매난국죽에게
시선을 돌렸다.

"그동안 활약이 너무 없었던 것 같은데……."

"기회가 없었습니다."

"믿어도 되죠?"

"물론입니다."

"좋아요. 그나저나 눈썹 참 안 자라네. 그래서 어떻게 살까? 이번에 살아남으면 눈썹 문신 해줄게요."

사무진이 던진 당근에 매난국죽이 투지를 불태웠다. 그것을 확인한 사무진이 다음으로 서문유와 정소소에게로 고개를 돌렸다.

"가도 돼."

"어디를 가란 말이냐?"

"가고 싶은 데로 가. 도와달란 말은 안 할 테니까."

"같이 싸워주지. 물론 너를 위해서는 아니다."

"그럼?"

"저놈들이 더 마교 같아 보이니까 싸우는 것이다."

"맘대로 해. 어차피 실력도 얼마 없으니까 기대도 별로 안 해."

한마디를 남긴 사무진이 마지막으로 심 노인에게 고개를 돌렸다.

가죽만 남은 앙상한 오른손으로 어디서 구해왔는지 모를 몽둥이를 움켜쥐고 있는 심 노인의 앞으로 다가간 사무진이 손을 뻗었다.

그리고 심 노인의 손에서 몽둥이를 빼앗았다.

"내가 심 노인에게 바라는 건 이런 게 아니에요."

"하지만……."

"우리 마교의 기개를 보여주면 그걸로 충분해요."

"교주님!"

"약속할게요. 심 노인이 망발을 쏟아내도 전혀 걱정하지 않을 정도로 강한 마교를 만들게요."

"저는 교주님만… 믿겠습니다."

"울지 말아요. 명색이 마교의 장로가 눈물을 보여서야 되겠어요?"

"천마불사!"

쿵. 쿵. 쿵.

소매로 눈가를 스윽 문지른 심 노인이 바닥에 이마를 찧으며 천마불사를 외치는 것을 보던 사무진이 등을 돌렸다.

"이보게."

그리고 그런 사무진은 홍연민의 목소리를 듣고서 다시 신형을 돌렸다.

"왜요? 우리 마교의 군사께서 이 난국을 헤쳐 나갈 기가 막힌 방법을 생각해 냈나요?"

"자네도 알지 않나? 그 정도로 뛰어난 군사는 아니라는 사실을."

"그럼 왜 불렀어요?"

"꼭 하고 싶은 말이 있어서 불렀네."

"뭔데요?"

"잊지 말게. 내가 아는 자네는… 역사상 가장 강한 마교의 교주라네."

"싱겁기는."

피식 웃은 사무진이 신형을 돌렸다.

그리고 그런 사무진을 향해 할 말이 남은 듯 입술을 실룩이던 홍연민이 결국 입을 다물었다.

'어쩌면 이 싸움에서 이긴다 하더라도 끝이 아닐지도 모른다네.'

홍연민이 진짜 꺼내고 싶은 말은 이것이었다.

하지만 차마 그 말을 꺼내 사기를 떨어뜨릴 수는 없었기에 입을 다문 홍연민의 얼굴이 잔뜩 굳어졌다.

荷蕷乳蒸煎棗陽細膓其福佑弟子生瑞

至大改元四月佛浴道言廣爲傳行謨

日弟子趙孟頫敬書長程前弃丁

老君演此真妙經竟正

共同
傳人
공동전인

"마교 대 마교의 싸움이라니."

"상황이 조금 이상하게 흘러가는군."

"대체 어떻게 되어가는 거지?"

"우리가 살기 위해서는 저 마교가 이겨야 한다는 것은 확실해."

장내에 모인 이들 중에 상황이 묘하게 흘러가고 있다는 사실을 모르는 인물은 아무도 없었다.

마교 대 마교.

강호에 두 개의 마교가 존재한다는 사실만도 어이없는 이야기였다.

하지만 지금 그 두 개의 마교가 존폐를 건 싸움을 벌이려 하고 있었다.

그리고 더 웃기는 것은 이 싸움의 승패가 어떻게 되는지에 따라서 자신들의 목숨도 걸려 있다는 사실이었다.

"살다가 마교를 응원하게 되는 날이 올 줄은 몰랐군."

"그냥 마교가 아니라 새로운 마교라 하지 않는가?"

"정정당당이라는 말이 왠지 어울린다는 느낌이 들지 않나?"

"하지만 수가 너무 차이가 나는군. 적어도 서른 배 정도는 차이가 나는 것 같은데 이길 수 있을까?"

그리고 이제 벌어질 싸움의 양상을 예상하고 있던 중인들의 표정은 어두웠다.

아직 싸움은 시작되기도 전이었지만 균형의 추는 이미 기울어져 있었다.

일단 수적으로 너무 열세였으니까.

하지만 정작 이 불리한 싸움을 맞이하고 있는 사무진의 표정은 담담했다.

"이길까?"

그 담담한 표정이 어딘가 믿음을 준다는 느낌을 받으며 유정생이 입을 뗐다.

"어렵습니다."

표정이 어두운 허민규의 대답이 흘러나왔지만 유정생은

고개를 흔들었다.

"난 저 아이를 믿네."

"하지만······."

"앙패구상 정도가 아닐까?"

희미한 웃음을 지은 채 유정생이 한마디를 덧붙였지만, 허민규는 수긍할 수 없었다.

'과연 이 압도적으로 불리한 상황에서 앙패구상까지 이끌고 가는 것이 가능할까?'

몇 번을 생각해 보았지만 불가능하다는 결론을 허민규가 내릴 때, 마교 대 마교의 싸움이 시작되었다.

퍼억.

둔탁한 소리와 함께 머리가 박살 났다.

붉은 피와 뒤섞인 허연 뇌수가 얼굴을 적셨지만 장하일은 고개를 젖혀 피할 생각도 하지 않고 다시 일권을 휘둘렀다.

거침없이 뻗어나가는 일권.

하지만 상대도 순순히 당하진 않았다.

검을 휘둘러 장하일의 공격이 다가올 방향을 미리 막으려 했지만, 순간 장하일의 팔은 기이한 방향으로 꺾였다.

퍼억.

방향이 꺾인 일권이 사내의 가슴에 틀어박히자 사내가 붉은 피를 입으로 뿜어내며 바닥으로 쓰러졌다.

"나한십팔수!"

그 모습을 바라보던 소림사의 혜 자 돌림 무승인 혜운이 놀람을 감추지 못하고 혼잣말을 중얼거렸다.

그리고 그런 그의 입이 벌어졌다.

지금 나한십팔수를 펼쳐 또 한 사내의 가슴뼈를 함몰시킨 혜초에 대해서는 그도 알고 있었다.

혜운은 나한전에 속한 무승.

그에 반해 혜초는 나한전에는 발 한 번 들이지 않고 오직 불경만을 공부하고 연구했던 소림의 제자였다.

서로 가는 길이 달라 자주 마주치지는 않았지만, 한눈 한 번 팔지 않고 일심으로 불경만을 파고든 그에게 어느 정도의 경외심까지 가졌던 혜운이었다.

그런데 그런 혜초가 파문을 당했다.

그 소식을 듣고서 얼마나 놀랐던가?

그리고 파문을 당한 이유가 소림의 무공을 몰래 익혀 사문을 기만한 죄라는 사실을 알고서 훨씬 더 놀랐다.

뭔가 잘못되었다고 생각했지만 이미 혜초는 소림에 남아 있지 않았다.

그렇게 인연이 끊어진 것이라 생각했던 혜초를 이곳에서 다시 만나게 되었다.

그리고 다시 만난 혜초의 모습은 진정으로 그를 놀라게 만들고 있었다.

"나한십팔수에 이어지는 박룡수!"

무공을 모른다고 생각했던 혜초의 실력은 압도적이었다.

어느새 수십 명의 마교 무인이 혜초의 공격에 의해 바닥으로 쓰러져 있었다.

"나한십팔수도 박룡수도 아니다!"

나한전주를 맡고 있던 각인은 혜운의 말이 틀렸다고 지적했다.

"하지만 저 무공은……."

"비슷하다고 해서 같다고 할 수는 없지."

"……."

"그러나 한 가지는 확실하군."

"그게 무엇입니까?"

"소림을 떠난 후 혜초, 아니, 파문을 당했으니 더 이상 불호를 불러서는 안 되겠군. 장 시주는 행복해 보이는군. 마음속에 지고 있던 짐을 내려놓은 사람처럼."

각인의 말을 듣고서 혜운은 좀 더 자세히 장하일의 얼굴을 살폈다.

그리고 이내 고개를 끄덕였다.

도검이 난무하는 장내.

한 호흡 차이로 생사가 결정되는 치열한 싸움을 벌이고 있었지만, 장하일의 얼굴엔 두려운 빛은 없었다.

오히려 희미한 웃음이 떠올라 있었다.

온몸에 피칠갑을 한 채로 양팔을 휘두르고 있는 장하일의 모습은 피에 익숙한 혜운조차 두려움을 느낄 정도였다.

"제가 알던 혜초, 아니, 장 시주와는 너무나 달라 어리둥절할 지경입니다."

"장문인의 말씀이 옳았네."

"……?"

"장 시주는 소림이라는 울타리 안에 가둘 수 없는 인재였다는."

혜운과 각인이 눈살을 찌푸린 채 대화를 나누는 와중에도 장하일은 쉬지 않았다.

피로 물든 광인의 행색인 장하일이 지나간 자리에는 어느새 수십여 구의 시체가 늘어나 있었다.

절로 탄성이 흘러나올 정도의 무위.

하지만 그도 무사할 수는 없었다.

들썩이는 어깨가 그의 호흡이 점점 거칠어지고 있다는 것을 말해주고 있었다.

그리고 지친 기색이 역력한 그의 몸에는 수많은 상처가 남아 있었다.

물론 아직까지 치명적이다고 할 정도로 깊은 상처는 없었지만, 이대로 좀 더 시간이 지난다면 장하일도 무너지게 될 것이었다.

무신이 아닌 인간인 이상 그건 당연한 수순이었다.

"차라리 잠시라도 몸을 피하는 편이 좋을 듯싶은데. 제 눈에는 고집을 부리고 있는 것처럼 보입니다."

여전히 수십 명의 무인에게 둘러싸여 위태로워 보이는 장하일의 모습을 살피던 혜운이 안타까운 표정을 지었다.

강한 것은 결국 부러지는 법이었다.

꾸역꾸역 몰려드는 흑의 무복을 입은 무인들을 잠시라도 피해 한숨을 돌리며 기력을 회복하는 것이 좋을 것 같은데, 장하일은 마치 장승처럼 한자리에 버티고 서서 움직이지 않았다.

"장 시주는 피하지 않을 것이다."

그래서 혜운의 두 눈에 답답하다는 빛이 떠오를 때, 각인이 입을 뗐다.

"왜입니까?"

"모르겠나?"

"고집입니까? 아니면 자신의 무공에 자신이 있기 때문입니까?"

지금 혜운이 떠올릴 수 있는 이유는 이 두 가지뿐이었다.

하지만 각인은 고개를 흔들었다.

"두 가지 모두 아니다."

"그럼?"

"그가 떠나지 않는 이유는… 그가 소림에 몸을 담았었기 때문이다."

무슨 뜻일까.

각인 사형이 꺼낸 말의 의미를 파악하지 못해 잠시 어리둥절한 표정을 짓고 있던 혜운이 한순간 눈을 크게 떴다.

"그 말씀은?"

"그래. 장 시주는 빚을 갚고 있는 것이다!"

그 이야기를 듣고서야 보였다.

장내는 이미 아수라장으로 변한 지 오래.

산공독에 당해 내력을 끌어올리지 못하는 이들은 흑색 무복을 입은 마교 무인들의 손에 속수무책으로 당하고 있었다.

사무진과 장하일을 비롯해 몇몇 인물들이 최선을 다해 싸우고 있다고는 하나 그들까지 도와주기에는 분명 역부족이었다.

하지만 소림사의 무인들은 아무런 피해도 없었다.

그리고 그 이유가 바로 눈앞에 있는 장하일이 아무도 소림사의 무인들에게 다가가지 못하도록 막고 있었기 때문이다.

그제야 모든 것을 깨달은 혜운의 눈시울이 붉어졌다.

점점 더 거칠어지는 호흡으로 인해 거칠게 어깨를 들썩이고 있는 장하일의 모습이 위태롭게 느껴져 분한 마음이 커졌다.

이런 상황에서도 아무 도움도 주지 못하는 스스로에 대한 실망도 커졌고.

그래서 자신도 모르는 사이 혜운이 힘껏 주먹을 움켜쥐고 있을 때, 각인이 그의 어깨를 움켜쥐었다.

"장 시주는 쉽게 쓰러지지 않을 것이다."

자신을 안심시키기 위해 던진 말이라는 생각이 들어 고개를 들자, 확신에 찬 각인 사형의 얼굴이 보였다.

"지킬 것이 있기 때문입니까?"

다시 던진 질문에 각인이 고개를 흔들며 대답했다.

"장 시주는 천살성을 타고났기 때문이다."

"봤나?"

"못 봤습니다. 맹주님은 보셨습니까?"

"나도 대충밖엔 보지 못했네."

"직접 보고 있지만 믿을 수 없을 정도입니다."

철무경이 진심으로 감탄한 듯 탄성을 토해냈다.

그도 강호에서 절정에 이른 고수라 인정받는 무인.

하지만 그런 그도 조금 전 육소균의 움직임을 놓쳤다.

"저 비대한 몸으로 어떻게 저런 움직임을 보일 수 있단 말입니까?"

"난 육소균이라는 저자의 움직임도 놀랍지만 저렇게 빠른 공격을 피해내면서 마지막 순간에 공격까지 성공시킨 저 노인의 움직임이 더 감탄스럽군."

"완전히 피한 것은 아니잖습니까?"

"물론 그렇지. 하지만 저 노인이 아니라 만약 자네가 저 공격을 마주했다면 피할 수 있었겠는가?"

"그건……."

철무경이 말을 얼버무렸다.

머릿속으로 그 상황을 재연해 본 결과 자신이 없었다.

조금 전 육소균의 움직임은 신기라 불릴 정도로 빨랐으니까.

거기까지 생각이 미치자, 철무경은 육소균과 대결을 벌이던 노인의 정체가 갑자기 궁금해졌다.

"대체 저 노인은 누구입니까?"

"모르겠나?"

"글쎄요."

"지금 이곳에서 저자의 상대를 짐작하지 못하는 인물은 자네뿐일 걸세. 길이는 삼 척 팔 푼. 핏빛처럼 붉은 창을 휘두르는 고수는 이 강호에 하나밖에 없네. 바로 창마지."

그제야 노인의 정체를 깨달은 철무경이 입을 벌렸다.

육소균이 상대하고 있는 자는 한때 강호에 공포의 대상이었던 마교의 팔장로 중 일인인 창마였다.

이름값만으로는 상대가 되지 않는 대결.

그렇지만 육소균과 창마의 대결은 많은 이들의 관심을 끌었다.

가장 큰 이유는 육소균의 이름이 생소하기는 하지만, 그가 구유신도 종리원을 죽였다는 이야기를 들었기 때문이다.

그리고 많은 이들의 관심을 모은 두 사람의 대결은 순식간에 승부가 갈렸다.

두 사람이 대결을 펼친 시간은 약 일다경.

그 일다경의 시간 중 대부분은 일방적인 창마의 공세였다.

무공을 익힌 무인이라고는 믿기지 않을 정도로 육소균의 움직임은 느리고 둔했다.

그에 반해 창마가 휘두르는 창은 눈에 보이지 않을 정도로 빨랐다.

순식간에 고슴도치가 되어 죽을 것이라는 모두의 예상과 달리 수십 번씩이나 창두에 찔리면서도 육소균은 쓰러지지 않았다.

그리고 극적인 반전이 이루어진 것은 일다경의 시간이 모두 흘러갔을 때쯤이었다.

거듭되는 공격을 견디지 못하고 비틀거리며 뒤로 물러나던 육소균을 향해 창마가 마지막 일격을 가하기 위해 파고든 순간, 지금까지 느리기만 하던 육소균의 신형이 한순간 시야에서 사라졌다.

희끗희끗한 잔상만을 남기고 사라진 육소균의 신형이 멈추었을 때, 그의 손에 장식품처럼 들려 있던 흑색 창은 창마의 가슴에 틀어박혀 있었다.

창마의 가슴을 꿰뚫은 것으로 모자라 등 뒤로 창두가 빠져
나온 관통상.

하지만 창마도 순순히 당한 것은 아니었다.

쿵.

요란한 소리와 함께 바닥에 주저앉은 육소균의 옆구리에
는 창마의 애병인 핏빛 창의 창두가 반쯤 꽂힌 채 덜렁거리고
있었다.

"저런 엄청난 고수가 지금까지 이름이 알려지지 않았다는
것이 오히려 이상하군."

옆구리에 매달려 있는 창을 뽑아낼 생각도 하지 않고 바닥
에 아무렇게나 주저앉은 채 가쁘게 숨을 몰아쉬고 있는 육소
균을 바라보며 유정생이 입을 뗐다.

그 말에 동의한다는 듯 철무경이 고개를 끄덕일 때, 바닥에
주저앉아 있던 육소균이 두 손으로 바닥을 지탱하며 신형을
일으키는 것이 보였다.

"상처가 깊고 이미 내상도 입은 듯한데 대체 무엇을 하기
위해 다시 몸을 일으키는 걸까요?"

철무경의 눈에 의아함이 짙어질 때 육소균이 육중한 몸을
일으켜 바닥에 쓰러진 채 꿈틀대고 있는 창마의 곁으로 느릿
느릿 다가갔다.

푸핫.

그리고 망설이지 않고 창마의 가슴에 틀어박혀 있던 창을 뽑아낸 육소균이 다시 어딘가로 움직이기 시작했다.

그런 그가 움직이는 방향은 사무진이 있는 쪽이었다.

"대단하지 않나?"

"무엇이 말입니까?"

"사무진이라는 저 아이의 어떤 면이 그 짧은 시간 동안 이런 대단한 고수들을 끌어모으고 진심으로 따르게 하는 것인지."

육소균을 향해 있던 유정생의 시선이 이번에는 사무진에게 머물렀다.

상대의 가슴에 틀어박혀 있던 자운묵창을 힘겹게 뽑아내며, 사무진이 거칠어진 호흡을 고르기 위해 애썼다.

대체 몇 명이나 죽였을까?

그조차도 확실하지 않았다.

사무진이 세었던 것은 정확히 서른 명까지였다.

그 뒤로는 그 수를 세는 것을 포기해 버렸지만 어지간히 많은 자들을 죽였을 거라는 생각이 들었다.

"이젠 희대의 살인마라고 욕할 수도 없겠네."

이천 명을 죽이고도 제일 적게 죽여서, 막내라고 말하면서 눈을 찡긋하던 검마 노인의 얼굴이 불현듯 떠올랐다.

그때만 해도 자신이 사람을 이렇게 죽이게 될 것이라고는 꿈에도 생각지 못했는데.

갑자기 마음이 무거워졌다.

바르르.

그래서일까.

오른손에 들린 채 가늘게 떨리고 있는 자운묵창이 갑자기 무겁게 느껴졌다.

"대단하군."

거칠게 숨을 내쉬며 바닥을 노려보고 있던 사무진이 고개를 들었다.

그런 그의 눈에 천중악의 모습이 들어왔다.

"놀리는 거예요?"

느긋하게 뒷짐을 진 채 한마디를 던지는 천중악을 확인하고서 사무진이 미간을 찡그렸다.

"무슨 뜻인가?"

"안 보여요? 지금 우리 마교의 인물들이 모조리 죽게 생긴 거."

사무진의 말은 사실이었다.

장하일과 육소균, 마도삼기와 매난국죽까지.

어느 누구 하나 피하지 않고 처절하다는 느낌이 들 정도로 악전고투를 펼치고 있었지만, 수적 열세를 극복하기에는 분명히 한계가 있었다.

사무진 본인부터도 다리가 후들거릴 정도로 지쳐 있는데

더 말해 무엇할까.

"조롱하려는 것이 아니네. 난 진심으로 감탄했으니까."

"……?"

"강호는 험한 곳이지. 하지만 너는 강호에서 살아남았다. 그것도 마교라는 이름을 내건 채로 살아남았지. 그게 얼마나 힘든 것인지 겪어보지 못한 사람은 모르지."

"이 상황에 칭찬을 들으니 눈물이 다 나려고 하네요."

"게다가 너는 나와는 반대로 아무것도 가진 것이 없이 시작했다. 그런데 그 짧은 시간 만에 이만한 세력을 키웠으니 더욱 대단한 것이지."

"그럼 칭찬만 하지 말고 살려주던가."

빈정거림이 섞인 한마디를 듣고서 천중악의 입가로 웃음이 떠올랐다.

"미안한 말이지만 그건 들어줄 수 없군."

"왜요?"

"아까도 말했지만 이 강호에 두 개의 마교는 존재할 수 없으니까."

천중악이 꺼낸 말에는 은근한 살기가 담겨 있었다.

그리고 그것을 눈치챈 사무진이 히죽 웃음을 지었다.

"좀 그렇지 않아요?"

"무엇이 말이냐?"

"이미 지칠 대로 지친 사람을 상대로 싸워서 이기는 건. 그러니까 이건 아까도 말했지만 정정당당하지 않잖아요?"

항의하는 듯한 사무진의 말을 들었지만 천중악은 좌우로 고개를 흔들었다.

"그게 강호다!"

"……."

"정정당당하지 않더라도 이기는 자가 강한 곳. 그게 바로 마교의 강호지."

"내가 이끄는 마교는 아니라니까요."

"그리고 너는 절대 나를 이길 수 없다. 내가 바로 천마이니 까!"

사무진이 눈을 부릅떴다.

본능이 경고하고 있었다.

위험하다고.

그 경고를 느끼자마자 재빨리 눈을 감고 통감을 끌어올렸지만 지금 이 순간만큼은 통감도 아무런 소용이 없었다.

전신의 통감이 모조리 비명을 질러대고 있었으니까.

'뭐야, 이거?'

거대한 막이 전신을 덮치고 있다는 느낌을 받으며 사무진의 두 눈이 흔들렸다.

태어나 처음 겪어보는 무공은 사무진을 당황시키기에 충분했다.

"황룡출세!"

급한 마음에 사무진이 자운묵창을 앞으로 내밀었지만, 사무진이 만들어낸 적룡으로도 그 거대한 강기의 막을 완전히 뚫어내지는 못했다.

쿵.

그 강기의 막과 부딪힌 뒤 온몸이 찢어질 듯한 강한 충격을 받으며 사무진의 신형이 뒤로 튕겨져 나갔다.

"쿨럭. 쿨럭."

일 장이 넘는 거리를 튕겨 나간 후, 바닥에 떨어진 후에도 몇 바퀴나 구른 후에야 간신히 멈춘 사무진은 입가로 검붉은 선혈을 토해냈다.

"이게 천마의 무공?"

머릿속이 하얗게 변했다.

"그래. 이게 진짜 마교의 교주에게만 전해지는 무공이지."

어느새 일 장 앞으로 다가와 있는 천중악이 던진 한마디를 듣고서 사무진이 입매를 비틀었다.

─너와 나는 근본적으로 다르다.

지금 천중악의 얼굴에 떠올라 있는 비웃음은 그렇게 말하고 있었다.

그리고 그것이 사무진의 심사를 뒤틀리게 만들었다.

"강하네, 더럽게 강한데……."

바닥에 아무렇게나 널브러져 있던 사무진이 억지로 몸을 일으켰다.

"그땐 왜 도망쳤어요?"

여전히 입매를 비튼 채 사무진이 꺼낸 한마디가 끝나자 천중악의 표정이 굳어졌다.

그리고 천중악이 대답을 꺼내는 대신 다시 내력을 일으켰다.

다시 한 번 다가오는 거대한 강기의 막.

"미치겠네."

그 강기의 막을 바라보던 사무진이 크게 숨을 들이켰다.

그렇지만 그게 다였다.

자운묵창을 들어 올리지도 않았고, 파환수라권을 펼치지도 않았다.

순순히 맞아 죽겠다는 듯 사무진은 아예 눈을 감아버린 채 어떤 움직임도 보이지 않았고, 거대한 강기의 막이 코앞으로 다가왔을 때였다.

"황룡출세!"

퍼엉.

강기와 강기가 부딪히며 거대한 폭음이 터져 나왔다.

깜짝 놀라 눈을 뜬 사무진의 시야에 들어온 것은 덜렁거리는 핏빛 창을 옆구리에 꽂은 채 앞을 가로막고 있는 육소균이었다.

전혀 기대하지 않았던 육소균의 등장.

"괜찮아요?"

곁으로 다가가 사무진이 살펴본 육소균의 얼굴은 백지장 처럼 하얗게 변해 있었다.

"죽을 것 같다."

"그러게 왜 막았어요?"

"그냥."

"그냥?"

"마교가… 조금 좋아졌다."

"내가 그랬잖아요. 좋아지게 될 거라고."

그 대답을 듣고 사무진의 입가로 희미한 미소가 떠오를 때, 육소균이 얼굴을 가득 찌푸린 채 입을 뗐다.

"그거 하자."

"그게 뭔데요?"

"전에 네가 말했던 것."

"그게 뭐냐니까요?"

"쌍룡전설!"

어느새 창을 들어 올리고 있는 육소균을 보며 사무진도 함 께 창을 들어 올렸다.

챠르르.

매미의 날개처럼 얇은 연검이 하얀 빛을 뿌리며 흩어졌다.

그리고 그 연검을 막기 위해 검을 휘두르던 사내의 눈이 커졌다.

마치 살아 있는 생물처럼 연검이 방향을 바꾼 뒤, 꼿꼿하게 변한 채로 사내의 가슴을 꿰뚫어 버렸다.

"크아악."

사내의 입에서 터져 나오는 비명 소리를 들으며 연검을 회수하려던 서옥령의 얼굴이 창백하게 변했다.

검병을 움켜쥔 손에 힘을 더했지만 연검이 회수되지 않았다.

그리고 그제야 조금 전 자신의 연검에 가슴이 꿰뚫린 채 죽었다고 생각한 사내가 얼굴을 잔뜩 찌푸린 채 얇은 연검의 검날을 움켜쥐고 있는 것이 보였다.

'내력이 부족해서야.'

그것을 확인한 서옥령이 고운 입술을 질끈 깨물었다.

연검을 들고 흑의를 입고 있는 마교의 무인들과 싸운 지 어느새 이각에 가까운 시간이 흘렀다.

그사이 열 명이 넘는 자들을 쓰러뜨렸지만, 그만큼 내력의 소모도 심했다.

그 결과가 지금의 상황이었다.

만약 내력만 뒷받침되었다면 조금 전 사내의 가슴으로 파고들었던 연검은 심장을 꿰뚫었을 터였다.

하지만 내력이 모자라 마지막 순간, 연검의 속도가 느려지며 심장에서 한 치 정도 빗나간 곳을 꿰뚫었고, 사내는 치명적인 상처를 입기는 했지만 즉사하는 대신 연검을 움켜쥐고 놓아주지 않는 것이었다.

당황한 마음에 연검을 쥔 오른손에 힘을 더해 몇 번씩이나 당겨보았지만 마지막 힘을 짜내 움켜쥐고 있는 사내의 손에 잡힌 연검은 꿈쩍도 하지 않았다.

그리고 그때, 서옥령에게 한 자루의 검이 떨어져 내렸다.

뒤늦게 알아차리고 피하려 했지만 이미 늦은 후였다.

주르륵.

연검의 검병을 놓아버린 채 뒤로 물러나던 서옥령이 다시 한 번 입술을 질끈 깨물었다.

검이 다가오는 속도와 뒤로 물러나는 자신의 속도를 따져보면 치명적인 상처를 입는 것은 면할 수 있겠지만, 아무런 상처도 입지 않는 것은 무리였다.

그래서 다가올 고통에 대비하기 위해 입술을 질끈 깨물었던 서옥령의 눈에 한 자루 검이 파고드는 것이 들어왔다.

서늘한 청광을 뿌리고 있는 보검.

쩌엉.

그 보검이 서옥령의 머리 위로 떨어져 내리고 있던 검을 막았다.

'누구?'

서옥령이 안도의 한숨을 내쉬며 보검의 주인을 찾기 위해 고개를 돌렸다.

그리고 그런 그녀의 눈에 들어온 것은 한 명의 미공자였다.

한 올의 머리카락도 흘러내리지 않도록 머리카락을 단정하게 뒤로 빗어 넘긴 미공자의 손에 들린 보검이 서옥령을 공격하던 사내의 가슴을 반으로 갈랐다.

서걱.

방금 한 사내의 목숨을 취했음에도 불구하고 보검의 검신에는 단 한 방울의 피도 남아 있지 않았다.

왠지 차갑다는 느낌을 주는 보검을 물끄러미 바라보던 서옥령이 한참 만에야 정신을 차리고 인사를 건넸다.

"도와주셔서 감사합니다."

"이렇게 아름다운 여인이 위험에 처했는데 만사를 제쳐 놓고 도와야 하는 것이 당연한 것이지요. 나는 사내로서 응당 해야 할 일을 한 것이니 서 소저께서는 전혀 부담 가지실 필요 없습니다."

'누굴까?

사내의 대답을 들으며 서옥령은 처음으로 사내의 얼굴을 제대로 살폈다.

혹시 전에 만난 적이 있는가 하는 생각이 들어 기억을 더듬어보았지만 분명히 처음 보는 얼굴이었다.

짙은 눈썹과 우뚝 선 콧날, 그리고 굳게 다물고 있는 두터운 입술.

사내는 분명 미남이라 불릴 만한 자였다.

하지만 서옥령은 사내와 두 눈이 마주치는 순간, 가슴속이 한기로 물든다는 느낌을 받았다.

그 이유는 사내의 눈에서 흘러나오는 살기 때문이었다.

그 눈빛이 부담스러워 더 마주 보지 못하고 서옥령이 먼저 고개를 돌릴 때, 사내가 희미한 미소를 지은 채 입을 열었다.

"이제 이곳은 내게 맡기시고 서 소저는 편히 쉬도록 하시오."

"하지만……."

"아무 걱정 말고 쉬라고 하지 않았소."

"……."

"내가 온 이상 서 소저는 아무런 위해도 입지 않을 거요."

사내의 말에는 강한 자신감이 묻어 있었지만, 서옥령은 전혀 안심이 되지 않았다.

오히려 불안감이 엄습했다.

"누구신가요?"

"아, 미처 내 소개를 하지 않았구려. 보자, 어떻게 나를 소개해야 할까? 당신을 오랫동안 알아왔던 사람이라고 하면 틀리지 않겠군."

입꼬리를 말아 올리고 있는 사내를 바라보며 서옥령은 자신도 모르게 어깨를 움츠렸다.

마치 뱀의 앞에 선 개구리 같은 느낌이랄까.

자신의 전신을 훑고 지나가는 사내의 두 눈에서는 뱀처럼 차가우면서도 음흉한 느낌이 풍기고 있었다.

"대체 당신은……?"

"그렇다고 해서 그리 겁먹지는 마시오. 아까도 말했듯이 서 소저에게는 아무런 위해도 가하지 않을 테니까."

"……?"

"물론 이곳에 있는 자들은 하나도 빠짐없이 죽겠지만."

스쳐 지나가듯 던진 사내의 마지막 말을 서옥령은 놓치지 않았다.

"그게 대체 무슨 말……?"

그래서 다시 되물었지만 사내는 대답 대신 차가운 웃음을 던졌다.

"내 이름은 호중천이오. 잊지 마시오, 당신은 내 여자가 될 사람이라는 것을."

그리고 한마디를 덧붙인 호중천이 오른손을 들어 올렸다.

"사도맹!"

탄식처럼 한마디를 내뱉는 홍연민의 얼굴이 일그러졌다.

아까부터 이게 끝이 아닐 것이라는 불길한 예감이 들었는데, 그 불길한 예감은 끝내 빗나가지 않았다.

활짝 열린 정문을 통해 모습을 드러내는 인물들은 틀림없이 사도맹의 인물들이었다.

"혈해혼돈 하원효와 현극무존 전격!"

그리고 그 행렬의 선두에 서 있는 두 명의 무인을 확인한 홍연민의 두 눈에는 절망의 빛이 스치고 지나갔다.

"대체 저들은 누군가? 그리고 네가 방금 말한 혈해혼돈 하원효와 현극무존 전격이 대체 누구냐?"

"그들의 이름에 대해 들어본 적이 없습니까?"

"들어본 적 없는데."

전혀 들어본 적이 없다는 표정을 짓고 있는 심 노인을 확인하고서 홍연민이 답답한 표정을 지었다.

"사도맹입니다."

"사도맹? 사도맹 놈들이 대체 왜 이곳에 나타나?"

"이유는 하나겠지요."

"뭔데?"

"모두 죽이기 위해서."

홍연민의 대답을 듣고서 심 노인의 표정이 굳어졌다.

하지만 그는 곧 고개를 흔들었다.

"교주님이 계시니 걱정할 것 없다."

"지금 그렇게 한가한 이야기를 할 때가 아닙니다."

"……?"

"혈해혼돈(血海混沌) 하원효는 사도맹 서열 사위에 올라 있는 절대고수입니다. 그리고 그와 함께 온 현극무존(玄極武尊)

전격 역시 사도맹 서열 칠위에 이름을 올리고 있는 자입니다. 그들이 수하들을 이끌고 함께 왔으니 지금 상황에서는 감당하기 어렵습니다."

홍연민의 설명을 듣고서야 심 노인은 지금 상황이 얼마나 어려운지를 깨달은 듯 긴장하기 시작했다.

그리고 천중악이 이끌고 온 마교의 무리와 수적 열세 속에서 치열하게 싸우느라 지치고 상처 입은 사무진과 일행을 확인하고서 한층 표정이 어두워졌다.

"그럼 이 모든 것이 사도맹이 꾸민 일인가?"

"그런 듯 보입니다."

"그럼 이제 어찌하는가?"

"마땅한 방법이 없습니다."

지금 홍연민의 대답은 솔직한 속내를 털어놓은 것이었다.

아무리 머리를 굴려봐도 이 상황을 타개할 방법이 떠오르지 않았다.

그래서 홍연민이 침묵을 지키고 있을 때, 비장한 표정을 지은 심 노인이 입을 뗐다.

"내가 나서야겠군."

"뭘 하려구요?"

"마교의 기개를 보여주겠네."

농담이 아니었다.

심 노인은 말리지 않으면 진짜로 망발을 쏟아낼 기세였다.

그것을 눈치챈 홍연민이 서둘러 앞으로 나서려는 심 노인을 온몸으로 저지했다.

"제발 참으세요."

"왜?"

"그러다 죽습니다."

죽을힘을 다해서 뒤에서 허리를 부여잡고 있는 홍연민을 향해 심 노인이 힐끗 고개를 돌렸다.

"만약 지금 내가 참는다면 죽지 않는 건가?"

"그건……."

"어차피 죽을 것이 아닌가? 그렇다면 나는 마교의 기개를 보이고 죽겠네. 그게 마교의 장로인 내가 할 일이니까."

심 노인이 앙상한 손으로 허리를 움켜쥐고 있던 홍연민의 손을 풀었다.

그 손에 실린 힘은 그리 강하지 않았지만, 홍연민은 뭔가에 홀린 사람처럼 그의 허리를 붙잡고 있던 손을 풀고 말았다.

"감히 이곳이 어디라고 사도맹의 놈들이 기어들어 오느냐? 미리 경고하지만 죽고 싶지 않으면 썩 물러나는 것이 좋을 것이다. 지금부터 한 발짝이라도 움직이는 놈들은 다리를 분질러 버리겠다."

심 노인의 카랑카랑한 목소리가 장내에 울려 퍼졌다.

그리고 평소라면 당황으로 인해 안절부절못했을 홍연민은 심 노인의 망발을 들으며 피식 하고 웃음을 터뜨렸다.

"내가 제정신이 아닌 것처럼 보이는 심 노인을 왜 좋아하는지 알아요? 바로 저 당당함 때문이었어요."

언젠가 사무진이 꺼냈던 이야기.

당시에는 그 이야기를 이해할 수 없었지만 지금은 달랐다.

물론 지금도 완전히 이해가 가지는 않았지만, 적어도 심 노인이 미친 노인처럼 보이지는 않았다.

그리고 이상한 기분이 들었다.

"기적이 일어나지 않는 한은 여기가 마지막이겠군."

어차피 이곳에서 죽을 것이라는 생각이 들자, 홍연민은 카랑카랑한 목소리로 소리를 지르고 있는 심 노인이 부러워졌다.

그래서 한 걸음 내딛어 심 노인의 곁에 선 홍연민은 슬쩍 고개를 돌려 그에게 씨익 웃음을 지은 뒤 소리쳤다.

"명색이 사도맹이라는 단체가 고작 사용하는 것이 산공독에 차도살인이냐? 에라, 이 빌어먹을 놈들아!"

호중천이 사무진의 앞으로 걸어왔다.

"겁에 질려 미쳤나 보군."

미간을 찌푸린 채 연달아 소리를 지르고 있는 심 노인과 홍연민을 노려보던 호중천이 한마디를 던지자 사무진이 대꾸했다.

"원래 저래."

"······?"

"우리 마교의 장로와 군사야."

"저들이 장로와 군사라······."

"내가 가장 좋아하고 믿는 사람들이지."

사무진의 대꾸를 듣고서 호중천이 차가운 웃음을 흘렸다.

그리고 더 이상 심 노인과 홍연민에 대해서는 신경 쓰지 않고 사무진을 노려보았다.

"내가 누군지 알고 있나?"

"사도맹주의 첫째 아들."

"용케 알고 있군."

"전에 나한테 얻어맞은 놈이랑 닮았거든."

히죽 웃고 있는 사무진을 바라보는 호중천의 눈빛이 낮게 가라앉았다.

"배짱 하나는 두둑하군."

"솔직히 좀 무서웠어."

"무서웠다?"

"한동안 밤에 잠도 제대로 못 잤어. 자꾸만 악몽을 꾸는 바람에 도중에 몇 번씩이나 깨곤 했지."

사무진이 솔직한 속내를 털어놓자 호중천이 피식 웃음을 터뜨렸다.

"이제 그런 걱정은 하지 않아도 될 거야. 앞으로는 도중에 깨지 않고 영원히 잠들게 될 테니까."

사무진에게 한마디를 던진 호중천이 천중악에게로 고개를 돌렸다.

"오래간만이로군요."

"이곳에서 만나게 될 줄은 몰랐군."

천중악이 눈살을 찌푸린 채 대꾸하는 것을 바라보던 호중천이 발을 들어 애꿎은 땅을 툭툭 걷어찼다.

"제가 왜 왔는지는 아시죠?"

"……."

"모르시나 보군요. 하긴 그렇게 눈치가 없으니 그렇게 한심하게 아까운 시간을 흘려보냈겠죠."

"네놈이?"

"아직도 아버님에 대해 모르시는군요. 그분은 욕심이 많은 분이지요. 자기 손에 한 번 들어온 것은 절대 놓치지 않는 분이시니까요. 그런데 알아서 굴러들어 왔던 마교를 순순히 다시 내놓겠습니까?"

"흐음."

천중악이 한숨을 토해냈다.

그리고 잠시 생각에 잠겨 있던 그가 다시 입을 열었다.

"처음부터 계획한 일이었군."

"이제야 아셨군요."

"이 모든 것이 계획대로 흘러간 것인가?"

"전부는 아닙니다."

호중천이 고개를 흔들었다.

그리고 그런 그가 사무진을 손으로 가리켰다.

"이들은 계획에 없었습니다."

"……."

"이 자리에 있었던 것이 운이 없었을 뿐이지요. 안 그랬다면 다만 며칠이라도 더 살 수 있었을 테니까요."

호중천의 표정은 자신감으로 가득 차 있었다.

그리고 그의 자신감은 근거가 없는 것이 아니었다.

그와 함께 이곳에 온 혈해혼돈 하원효와 현극무존 전격은 그만한 실력이 있는 자들이었으니까.

"지옥을 경험하시게 될 겁니다. 그럼."

호중천이 등을 돌렸다.

그리고 그를 대신해 하원효와 전격이 다가왔다.

"쌍룡전설로 해결될 문제가 아닌 것 같네요."

"그렇군."

"미안해요."

"뭐가?"

"약속도 못 지키고 고생만 시켰네요."

"……."

툭. 툭.

아무런 대답도 없는 육소균의 어깨를 두드려 준 사무진이 오른손에 들려 있던 자운묵창을 고쳐 쥐었다.

그리고 밀려들고 있는 사도맹의 무인들을 확인하고서 길게 한숨을 내쉬었다.

"더럽게 많네."

아무리 봐도 승산이 보이지 않는 싸움이었다.

하지만 피할 수 있는 것도 아니었다.

지금 사무진이 할 수 있는 것은 마지막 한 줌의 진기가 남을 때까지 자운묵창을 휘둘러 적들을 베고 또 베는 것이었다.

그리고 진기가 바닥이 났을 때까지도 다 죽이지 못한다면 사무진이 죽는 것이었다.

쩌엉.

자운묵창의 날카로운 창두가 사도맹의 무인이 휘두른 검과 부딪쳤다.

튕겨 나오는 창두.

마음 같아서는 적룡을 불러내고 싶었지만 이미 지칠 대로 지친 사무진의 내력에는 분명 한계가 있었다.

최대한 내력의 소모를 줄이며 싸워야만 했다.

푹.

서걱.

자운묵창의 창두가 상대의 가슴을 꿰뚫을 때, 어디선가 날아든 검이 사무진의 어깨를 스치고 지나갔다.

어깨를 벤 상대의 비어 있는 옆구리를 창대로 후려치며 그 반동을 이용해 뒤에서 다가오던 또 한 명의 사내의 배를 꿰뚫자마자 신형을 띄웠다.

순간 발아래로 지나가는 네 개의 검신.

허공에 몸을 띄운 채로 자운묵창을 크게 휘둘러 네 명의 사내를 한꺼번에 쓰러뜨렸지만 바닥에 내려서는 순간, 반대쪽 어깨에 화끈한 느낌이 전해졌다.

푸핫.

어깨에서 튀어 오른 붉은 피로 인해 시야가 잠깐 가려진 사이, 또 하나의 검신이 옆구리를 스치고 지나갔다.

물론 사무진의 창두도 그 짧은 사이 두 명의 목숨을 빼앗았지만, 바닥에 내려선 사무진은 얼굴을 일그러뜨렸다.

순식간에 열 명에 가까운 사도맹의 무인들을 쓰러뜨렸지만, 기뻐할 여유도 없었다.

호흡이 가빠왔다.

그리고 내력도 제대로 이어지지 않기 시작했다.

하지만 아직 남은 상대의 수는 너무 많았다.

불과 얼마 떨어지지 않은 곳에서 싸우고 있는 육소균의 모습조차 보이지 않을 정도로 사방이 사도맹의 무인들로 둘러싸여 있었다.

'뭘 해야 할까?'

다시 한 번 자운묵창을 거칠게 휘둘러 사도맹의 무인들이 가까이 접근하는 것을 막으며 사무진은 필사적으로 머리를 굴렸다.

하지만 마땅한 방법이 떠오르지 않았다.

그리고 잠시 신경을 분산시킨 대가는 혹독했다.

불로 지지는 듯한 화끈한 느낌.

등에서 전해지는 고통에 정신이 혼미해질 지경이었지만 이를 악물고 버틴 사무진이 신형을 한 바퀴 회전하며 창을 휘둘렀다.

툭.

그 순간, 사무진의 품에서 숟가락이 빠져나와 바닥에 떨어졌다.

그리고 그 숟가락을 바라보던 사무진이 눈을 빛냈다.

'진법!'

진법을 펼친다면 시간을 벌 수 있을 것이라는 생각이 들었다.

거기까지 생각이 미치자 사무진이 소리를 질렀다.

"육 호법, 길을 열어요!"

소리를 지르긴 했지만 반신반의했다.

육소균도 이미 지칠 만큼 지친 상태였으니까.

쫘악!

그런데 거짓말처럼 길이 열렸다.

쏟아지는 검의 세례를 모조리 몸으로 받아내면서 창을 휘둘러 기어이 길을 열어젖힌 육소균을 보며 사무진은 순간 눈시울이 뜨거워질 지경이었다.

"왜?"

"심 노인과 홍 군사가 있는 곳으로 가요. 어쩌면 살 수 있을지도 몰라요."

"쌍룡전설?"

"쌍룡전설!"

더 이상 무슨 말이 필요할까?

내력을 쥐어짜 낸 사무진과 육소균의 창두에서 청룡과 적룡이 모습을 드러냈다.

그리고 청룡과 적룡의 기세를 감당하지 못하고 사도맹의 무인들이 뒷걸음칠 때, 사무진이 소리를 질렀다.

"다들 어떻게든 내가 있는 쪽으로 와요!"

솔직히 다른 이들은 생각나지 않았다.

지금 사무진의 머릿속에는 마교의 인물들밖에 떠오르지 않았다.

어떻게든 그들만은 살려야겠다는 절실한 마음이 사무진을 지배하고 있었다.

그런 사무진의 눈에 홍연민과 심 노인의 모습이 보였다.

남은 거리는 불과 십여 장.

하지만 거칠 것 없이 전진하던 사무진과 육소균은 동시에 걸음을 멈추었다.

앞을 가로막고 있는 것은 현극무존 전격.

그가 휘두른 일도와 부딪히고서 이미 지칠 대로 지친 사무진과 육소균이 만들어냈던 청룡과 적룡은 위력을 잃었다.

"여기까지다!"

그리고 전격이 나직한 목소리로 꺼낸 말을 듣는 순간, 정말 여기까지가 한계라는 생각이 들어서 사무진이 자운묵창을 늘어뜨렸다.

"끝인가?"

"더 할 자신 있어요?"

"없다."

"슬프지만 나도 없어요."

긴장이 풀리자 지금까지 느껴지지 않던 고통이 밀려들었다.

그래도 신음 소리는 내기 싫어 이를 악물고 있던 사무진이 육소균에게 고개를 돌렸다.

"한 번만 더 할까요?"

"바뀔 것이 있나?"

"없겠죠."

"그런데?"

"끝까지 포기하지 않는 것. 그게 바로 진정한 마교의 정신이죠."

사무진이 히죽 웃음을 짓자 육소균도 입매를 말아 올렸다.

그리고 두 사람이 동시에 창을 들고 전격의 앞으로 신형을 날릴 때였다.

스르릉.

사무진의 등에 걸려 있던 역린검이 스스로 검집을 빠져나왔다.

검집을 빠져나온 역린검은 허공으로 치솟아 흑색 무복을 입은 노인의 손에 자석처럼 빨려들어 갔다.

'뭐지?'

허공섭물의 한 수.

그 순간 사무진의 심장이 거세게 뛰기 시작했다.

두근.

이유를 알 수 없는 설렘으로 인해 신형을 날리던 것을 멈추고 허공을 올려다보고 있는 사무진의 귓가로 익숙한 목소리가 들렸다.

"마도파검!"

한 가닥 하얀 빛줄기가 벼락처럼 떨어지며 전격이 휘두른 검과 부딪쳤다.

"크아악."

그 순간, 답답한 비명성과 함께 검을 휘둘렀던 전격이 신형을 비틀거리며 무려 오 장이나 물러난 후에야 간신히 멈추었다.

하지만 사무진은 전격의 입에서 붉은 핏줄기가 흘러나오고 있는 것에는 시선도 주지 않았다.

'검마 노인!'

허공을 향해 시선을 고정하고 있는 사무진의 눈에 처음 하나였던 신형이 어느새 여섯으로 불어나는 것이 보였다.

착. 착.

그리고 흑색 피풍의를 입은 여섯의 신형이 사무진의 앞에 내려앉자마자 약속이라도 한 듯 깊숙이 부복했다.

"천. 마. 불. 사!"

심장을 뜨겁게 달아오르게 만드는 패기 넘치는 목소리! 조금 전까지 두근거리던 심장이 터질 것처럼 격렬하게 뛰기 시작했다.

그리고 어느새 붉어진 사무진의 눈시울에 굵은 눈물이 맺힐 때 뇌마 노인이 씨익 웃으며 한마디를 던졌다.

"이럴 줄 알았지?"

『공동전인』 6권에 계속…

共同傳人

공동전인

설경구 新무협 판타지 소설

마교를 재건하라.

혈마옥에 갇히며 마교 장로들의 공동전인이 된 사무진에게 주어진 과제.
역사상 가장 착한 마교의 교주.
하지만 역사상 가장 강한 마교의 교주가 되고 싶다.

고정관념을 버려요.

마교도라고 해서 꼭 나쁜 놈일 필요는 없잖아요.

지금까지와는 다른 마교.

이제 사무진이 만들어가는 새로운 마교가 모습을 드러낸다.

유행이 아닌 자유추구 -
WWW.chungeoram.com

Book Publishing CHUNGEORAM

설봉 新무협 판타지 소설

환희밀공

歡喜功 환희밀공 1

무유칠덕(武有七德), 금폭(禁暴), 집병(戢兵), 보대(保大),
정공(定功), 안민(安民), 화중(和衆), 풍재(豊財), 자야(著也).
〈좌전(左傳), 선공 십이년(宣公 十二年)〉

무에는 일곱 가지 덕이 있다.
첫째, 난폭을 금지한다. 둘째, 무기를 거두어들인다. 셋째, 큰 나라를 보전한다.
넷째, 공적을 정한다. 다섯째, 백성을 편안하게 한다. 여섯째, 대중을 화합하게 한다.
일곱째, 물자를 풍부하게 한다.

섬서성(陝西省) 육반산(六盤山)에 신력(神力)을 바탕으로
패공(覇功)을 구사하는 가문(家門), 육반루가(六盤婁家).
세상에게 외면받고 멸시당하는 환희교(歡喜敎).
육반루가의 후손과 환희교 교주의 운명적인 만남.

"넌 환희교를 지키는 수문장(守門將)이 될 거야.
강하게, 아주 강하게 키워주마."
'아버지처럼 죽지 않을 거야. 아무도 날 죽일 수 없어.
세상에서 최고로 강한 사람이 될 거야.'

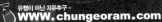
유행이 아닌 자유추구 -
WWW.chungeoram.com

Book Publishing CHUNGEORAM